AF553017

विष के दाँत तथा अन्य कहानियाँ

विष के दाँत तथा अन्य कहानियाँ

नलिन विलोचन शर्मा

राधाकृष्ण प्रकाशन

पहला संस्करण 1951 में प्रकाशित

ISBN : 978-81-19989-78-2

विष के दाँत तथा अन्य कहानियाँ

पहला संस्करण : 2024

मूल्य : ₹595

प्रकाशक

राधाकृष्ण प्रकाशन प्राइवेट लिमिटेड
जी-17, जगतपुरी, दिल्ली-110 051

शाखाएँ : अशोक राजपथ, साइंस कॉलेज के सामने, पटना-800 006
पहली मंजिल, दरबारी बिल्डिंग, महात्मा गांधी मार्ग, प्रयागराज-211 001
1, अनमोल सोराबजी सन्तुक लेन, धोबी तलाव, मरीन लाइंस, मुम्बई-400 002

वेबसाइट : www.radhakrishnaprakashan.com
ई-मेल : info@radhakrishnaprakashan.com

मुद्रक

बी.के. ऑफसेट
नवीन शाहदरा, दिल्ली-110 032

VISH KE DAANT TATHA ANYA KAHANIYAN
Stories by Nalin Vilochan Sharma

विष के दाँत तथा अन्य कहानियाँ

क्रम

विष के दाँत

सेन साहब की नई मोटरकार बँगले के सामने बरसाती में खड़ी है—काली चमकती हुई, स्ट्रीमलाइंड, जैसे कोयल घोंसले में कि कब उड़ जाए! सेन साहब को इस कार पर नाज है—बिलकुल नई मॉडल, साढ़े सात हजार में आई है। काला रंग, चमक ऐसी कि अपना मुँह देख लो। कहीं एक धब्बा दीख जाए तो क्लीनर और शोफर की शामत ही समझो। सेन साहब की सख्त ताकीद है कि खोखा-खोखी गाड़ी के पास फटकने न पाएँ।

लड़कियाँ तो पाँचों बड़ी सुशील हैं। पाँच-पाँच ठहरीं और सो भी लड़कियाँ! तहजीब और तमीज की तो जीती-जागती मूरत ही हैं। मिस्टर और मिसेज सेन ने उन्हें क्या करना चाहिए, यह सिखाया हो या नहीं, पर क्या-क्या नहीं करना चाहिए, इसकी उन्हें ऐसी तालीम दी है कि बस! लड़कियाँ क्या हैं—कठपुतलियाँ हैं और उनके माता-पिता को इस बात का गर्व है। वे किसी चीज को कभी तोड़तीं-फोड़तीं नहीं। वे दौड़ती हैं और खेलती भी हैं लेकिन सिर्फ शाम के वक्त और चूँकि उन्हें सिखाया गया है कि ये बातें उनकी सेहत के लिए जरूरी हैं। वे ऐसी मुस्कुराहट अपने

होंठों पर ला सकती हैं कि सोसायटी की तारिकाएँ भी उनसे कुछ सीखना चाहें तो सीख लें, पर उन्हें खिलखिलाकर किलकारी मारते हुए किसी ने सुना नहीं। सेन-परिवार के मुलाकाती रश्क के साथ अपने शरारती बच्चों से खीजकर कहते हैं : 'एक तुम लोग हो, और मिसेज सेन की लड़कियाँ हैं! अबे, फूल का गमला तोड़ने के लिए बना है? तुम लोगों के मारे घर में कुछ भी तो नहीं रह सकता!'

सो जहाँ तक सेन-परिवार की लड़कियों का सवाल है, उनसे मोटर की चमक-दमक को कोई खास खतरा नहीं था। लेकिन खोखा भी तो है। खोखा जो एक ही है, लड़का है, सबसे छोटा है। खोखा नाउम्मीद बुढ़ापे की आँख का तारा है—यह नहीं कि मिसेज सेन अपना और बुढ़ापे का कोई ताल्लुक किसी हालत में मानने को तैयार हों और सेन साहब तो सचमुच बूढ़े नहीं लगते। लेकिन मानने-लगने की बात छोड़िए। हकीकत तो यही है कि खोखा का आविर्भाव तब जाकर हुआ था जब उसकी कोई उम्मीद सेनों को बाकी नहीं रह गई थी। खोखा जीवन के नियम का अपवाद था और यह अस्वाभाविक नहीं था कि वह घर के नियमों का भी अपवाद हो। इस तरह मोटर को कोई खतरा हो सकता था तो खोखा से ही।

बात ऐसी थी कि शीमा, रजनी, आलो, शेफाली, आरती—पाँचों हुईं, तो, उनके लिए घर में अलग नियम थे, दूसरी तरह की शिक्षा थी और खोखा के लिए अलग, दूसरी। कहने के लिए तो सेनों का कहना था कि खोखा आखिर अपने बाप का बेटा ठहरा। उसे भी तो इंजीनियर होना है। अभी से उसमें इसके लक्षण दिखाई पड़ते थे, इसलिए ट्रेनिंग भी उसे वैसी ही दी जा रही थी। बात यह थी कि खोखा के दुर्ललित स्वभाव के अनुसार ही सेनों ने अपने सिद्धान्त को भी बदल लिया था। अक्सर ऐसा होता है कि सेन-परिवार के दोस्त आते हैं, भड़कीले ड्राइंग-रूम में बैठते हैं और बातचीत के लिए विषय का अभाव होने पर चर्चा निकल पड़ती है कि किसका लड़का क्या

करेगा। तब सेन साहब बड़ी मौलिकता और दूरन्देशी के साथ फरमाते हैं कि वह तो अपने लड़के को अपने ढंग से ट्रेन करेंगे—करेंगे क्या, कर रहे हैं। आजकल की पढ़ाई-लिखाई तो फिजूल है, वह तो उसे अपनी तरह बिजनेस-मैन, इंजीनियर बनाना चाहते हैं।

'अब देखिए न,' सेन साहब कहते हैं, 'खोखा पाँच साल का हो रहा है। लोग कहते हैं, उसे किंडरगार्टन स्कूल में भेज दो; लेकिन मैंने अभी यही इन्तजाम किया है कि कारखाने का बढ़ई मिस्त्री दो-एक घंटे के लिए आकर उसके साथ कुछ ठोंक-पीट किया करे। इससे बच्चे की उँगलियाँ अभी से औजारों से वाकिफ हो जाएँगी। हिन्दुस्तानी लोग यही नहीं समझते।'

एक दिन का वाकया है कि ड्राइंग रूम में सेन साहब के कुछ दोस्त बैठे गपशप कर रहे थे। उनमें एक साहब साधारण हैसियत के कुछ अखबार-नवीस थे और सेनों के दूर के रिश्तेदार भी होते थे। साथ में उनका लड़का भी था, जो खोखा से भी छोटा, पर बड़ा समझदार और होनहार मालूम पड़ता था। किसी ने उसकी कोई हरकत देखकर उसकी कुछ तारीफ कर दी और उन साहब से पूछा कि बच्चा स्कूल तो जाता ही होगा? इससे पहले कि पत्रकार महोदय कुछ जवाब देते, सेन साहब ने कहना शुरू कर दिया, 'मैं तो खोखा को इंजीनियर बनाने जा रहा हूँ।'... और वे ही बातें, जिन्हें दुहराकर वे थकते नहीं थे।

पत्रकार महोदय चुप मुस्कुराते रहे। जब उनसे फिर पूछा गया कि अपने बच्चे के विषय में उनका क्या खयाल है तो उन्होंने कहा, 'मैं चाहता हूँ, वह जेंटिलमैन जरूर बने, और जो कुछ बने, उसका काम है। उसे पूरी आजादी रहेगी।'

सेन साहब इस उत्तर के शिष्ट और प्रच्छन्न व्यंग्य पर ऐंठकर रह गए।

तभी बाहर शोरगुल सुनकर सेन साहब उठने लगे तो उनके मित्रों ने भी जाने की इच्छा प्रकट की और उन्हीं के साथ सभी बाहर आए।

बाहर सेन साहब का शोफर एक औरत से उलझ रहा था। औरत के पास एक पाँच-छह साल का बच्चा खड़ा था, जिसे वह रोकने की कोशिश कर रही थी; क्योंकि बच्चा बार-बार शोफर की तरफ झपटता था।

सेन साहब को देखकर औरत सहम गई। शोफर ने सेन साहब की ओर बढ़कर अदब के साथ कहा, 'देखिए साहब, मदन गाड़ी को छू रहा था, गाड़ी गन्दी हो जाती, मैंने मना किया तो लगा कहने—जा-जा! तो मैंने पकड़कर अलग कर दिया, इस पर मुझको दौड़ा मारने। अब उसकी माँ भी आकर खामखाह मुझसे उलझ रही है।'

मदन की माँ कुछ कहना चाहती थी, लेकिन सेन साहब के सटे होंठों को देखकर चुप रह गई।

सेन साहब ने बड़े संयत, पर कठोर स्वर में कहा, 'मदन की माँ, मदन को ले जाओ और देखना, वह फिर ऐसी हरकत न करे।'

मदन की माँ अपने बच्चे के बाएँ घुटने से निकलते हुए खून को पोंछती हुई चली गई। ड्राइवर ने शायद उसे ढकेल दिया था और वह गिर पड़ा था। लेकिन एक मामूली किरानी के बेटे को सेन साहब के ड्राइवर ने धक्का ही दे दिया और उसे चोट ही आ गई तो आखिर ऐसी कौन-सी बात हो गई?

ठीक इसी वक्त मोटर के पीछे खट्-खट् की आवाज सुनकर सेन साहब लपके, शोफर भी दौड़ा। और लोग भी सीढ़ियों से उतरकर बाहर अपनी-अपनी गाड़ियों की ओर चले। सभी ने देखा, सेन साहब खोखा को गोद में लेकर उसे हल्की मुस्कुराहट के साथ डाँट रहे हैं, क्योंकि मोटर की पिछली बत्ती का लाल शीशा चकनाचूर हो गया है। सेन साहब ने अपने मित्रों को सम्बोधन करते हुए कहा, 'देखा आप लोगों ने, बड़ा शरारती हो गया है काशू! मोटर के पीछे हरदम पड़ा रहता है। उसके कल-पुर्जों में इसकी अभी

से इतनी दिलचस्पी है कि क्या बताऊँ! शायद देखना चाह रहा था कि आखिर इस बत्ती के अन्दर है क्या!'

सेन साहब खोखा को जमीन पर उतारकर अपने दोस्तों के साथ उनकी कार की ओर चले। उन्होंने अपने मित्रों की भाव-भंगिमा देखी नहीं, देखते भी तो कुछ समझ पाते, इसमें शक ही था। मिस्टर सिंह अपनी कार के पास पहुँचे और सेन साहब को नमस्कार कर दरवाजा खोलने के लिए बढ़े और फिर रुक गए। उनकी निगाह अचानक ही अगले चक्के पर पड़ गई थी। उन्होंने नजदीक जाकर देखा और परेशानी की हालत में खड़े हो गए। टायर बिलकुल बैठ गया था। शायद 'पंक्चर' हो गया था।

सेन साहब भी आगे बढ़ आए और कुछ झिझकते हुए बोले, 'कहीं ऐसा तो नहीं है कि काशू ने हवा निकाल दी हो? ड्राइवर, जरा दूसरे चक्कों को भी देख लो और पम्प ले आकर हवा भर दो...और हाँ, कुर्सियाँ लॉन में लगवा दो, तब तक हम यहीं बैठते हैं।'

ड्राइवर ने कार का चक्कर लगाकर सूचना दी कि दूसरी ओर के पिछले चक्के की हवा भी निकली हुई थी। 'काम तो काशू बाबू का ही मालूम होता है, इधर ही खेल रहे थे,' शोफर ने बताया और पम्प लाने चला गया।

मुकर्जी साहब की गाड़ी सकुशल थी और वह अपने और पत्रकार महोदय के परिवार के साथ चलते बने। सेन साहब और मिस्टर सिंह लॉन की कुर्सियों पर बैठकर बातें करते रहे। बातों के सिलसिले में ही सेन साहब ने बतलाया कि काशू ने इधर चक्कों से हवा निकालने की हिकमत जान ली थी और मौका मिलते ही शरारत कर गुजरता था। उनका अपना खयाल था, उसकी इन हरकतों को देखकर तो यह साफ मालूम होता था कि इंजीनियरिंग में उसकी अभी से दिलचस्पी है।

इसी तरह की दूसरी बेमतलब की बातें होती रहीं, जब तक कि चक्कों में पम्प नहीं हो गया और मिस्टर सिंह रुखसत नहीं हो गए।

सेन साहब अन्दर लौटे तो बेयरा को मदन के पिता गिरधरलाल को, जो उनकी फैक्टरी में किरानी था और अहाते के एक कोने में—आउट-हाउस—में रहता था, बुला लाने का हुक्म दिया।

गिरधरलाल आया और सेन साहब के सामने सिर झुकाकर खड़ा हो गया, जैसे खून के जुर्म में कैदी जज के सामने खड़ा हो।

सेन साहब ने ठंडी, बेलौस आवाज में कहना शुरू किया, 'देखो गिरधर, मदन आजकल बहुत शोख हो गया है। मैं तुम्हारी और उसकी भलाई चाहता हूँ। गाड़ी को गन्दा किया, वह अलग, मना करने पर ड्राइवर को मारने दौड़ा और मेरे सामने भी डरने के बदले उसकी ओर झपटता रहा। ऐसे ही लड़के आगे चलकर गुंडे, चोर और डाकू बनते हैं!'

गिरधरलाल कभी-कभी 'जी' कह देता था।

सेन साहब का भाषण जारी था, 'उनकी हालत क्या होती है, तुम जानते ही हो। उसे सँभालने की कोशिश करो। फिर ऐसी बात हुई तो अच्छा नहीं होगा; तुम जा सकते हो।'

उस रात गिरधरलाल के क्वार्टर से आती हुई मदन की चीत्कार से सेनों का आरामदेह शयनागार गूँज गया। आराम में खलल पड़ने से कुछ झुँझलाकर पिता सेन ने अपनी धर्मपत्नी से बड़ी समझदारी की बात कही, 'गिरधर खुद समझदार आदमी है। उसकी बीवी ने ही लड़के को बिगाड़ दिया है। मदन की यही दवा है। मेरी तो तबीयत हुई थी, कमबख्त की खाल उधेड़ दूँ। गिरधर ने ऐसी ही कड़ाई जारी रखी तो शायद ठीक हो जाए। स्पेयर द रॉड एंड स्प्वायल द चाइल्ड।'

माता सेन की नींद उचट गई थी। उन्हें मदन की कातर चिल्लाहट से ज्यादा अपने पति की बकबक पर खीज आ रही थी। लेकिन उन्होंने भी अपनी खीज मदन पर ही उतारी, 'कमबख्त कैसा कौए की तरह चिल्ला रहा है! भिखमंगा कहीं का! खोखा की बराबरी करता फिरता है!'

मदन की आर्त-रुदन रुक गया था। खैरियत थी, उसकी सिसकियाँ सेनों के शयनागार तक नहीं पहुँच सकती थीं।

लेकिन दूसरे दिन तो बिलकुल बेढब मामला हो गया। शाम के वक्त खेलता-कूदता खोखा बँगले के अहाते की बगलवाली गली में जा निकला। वहाँ धूल में मदन पड़ोसियों के आवारागर्द छोकरों के साथ लट्टू नचा रहा था। खोखा ने देखा तो उसकी तबीयत मचल गई। हंस कौओं की जमात में शामिल होने के लिए ललक गया। लेकिन आदत से लाचार उसने बड़े रौब के साथ मदन से कहा, 'हमको ऊ ठो लट्टू दो, हम भी खेलेगा।'

दूसरे लड़कों की कोई खास उम्र नहीं थी। वे खोखा को अपनी जमात में ले लेने के फायदों को नजरअन्दाज नहीं कर सकते थे। पर उनके अपमानित, प्रताड़ित लीडर मदन को यह बात कब मंजूर हो सकती थी! उसने छूटते ही जवाब दिया, 'अबे भाग जा यहाँ से! बड़ा आया है लट्टू खेलनेवाला! है भी लट्टू तेरे? जा, अपने बाबा की मोटर पर बैठ!'

काशू तैश में आ गया। वह इसी उम्र के नौकरों पर, अपनी बहनों पर, हाथ चला देता था और क्या मजाल कि उसे कोई कुछ कह दे! उसने आव देखा न ताव, मदन को एक घूँसा रसीद कर दिया।

चोर-गुंडा-डाकू होने वाला मदन भी कब मानने वाला था। झट काशू पर टूट पड़ा। दूसरे लड़के हटकर इस द्वन्द्व-युद्ध का मजा लेने लगे। लेकिन यह लड़ाई हड्डी और मांस की, बँगले के पिल्ले और गली के कुत्ते की लड़ाई थी। अहाते में यही लड़ाई हुई रहती तो काशू शेर हो जाता। यहाँ से तो एक मिनट बाद ही वह रोता हुआ जान लेकर भाग निकला।

महल और झोंपड़ी वालों की लड़ाई में अक्सर महलवाले ही जीतते हैं, पर उसी हालत में जब दूसरे झोंपड़ी वाले उनकी मदद अपने ही खिलाफ करते हैं। लेकिन बच्चों को इतनी अक्ल कहाँ! उन्होंने न तो अपने

दुर्दमनीय लीडर की ही मदद की, न अपने माता-पिता के मालिक के लाड़ले की ही। हाँ, लड़ाई खत्म हो जाने पर तुरन्त ही सहमते हुए तितर-बितर हो गए।

मदन घर नहीं लौटा। लेकिन जाता ही कहाँ! आठ-नौ बजे तक इधर-उधर मारा फिरता रहा। फिर भूख लगी तो गली के दरवाजे से आहिस्ता-आहिस्ता घर में घुसा। उसके लिए मार खाना मामूली बात थी। डर था तो यही कि आज की मार और दिनों से भी बुरी होगी। लेकिन उपाय ही क्या था! वह पहले रसोईघर में ही घुसा। माँ नहीं थी। बगल के सोनेवाले कमरे से बातचीत की आवाज आ रही थी। उसने इत्मीनान के साथ भर-पेट खाना खाया, फिर दरवाजे के पास जाकर अन्दर की बातचीत सुनने की कोशिश करने लगा। उसे बड़ा ताज्जुब हुआ—उसके बाबू गरज-तरज नहीं रहे थे। उसकी अम्मा ने कोई बात पूछी, जिसे वह ठीक से सुन नहीं सका तो उसके बाबू ने झल्लाकर कहा, 'अरे भाई, बतलाया तो, साहब ने सिर्फ यही कहा—आज से तुम्हारी कोई जरूरत नहीं; कल मकान छोड़ देना और अपनी तनख्वाह ऑफिस से ले लेना।'...मदन के काम की कोई बात नहीं हो रही थी, उसकी सजा की तजबीज होती रहती तो सुनने की कोशिश भी करता वह।

वह दबे पाँव बरामदे में रखी चारपाई की तरफ सोने के लिए चला तो अँधेरे में उसका पैर लोटे से लग गया। लोटे की ठन्-ठनन् की आवाज सुनकर गिरधर बाहर निकल आया। मदन की अम्मा भी उसके पीछे थी। मदन चौंककर घूमा और मार खाने की तैयारी में अपनी छाती को अपने हाथों से बाँधकर खड़ा हो गया। मदन अक्सर अपने पिता के हाथों पिटता था, बहुत पिटने पर रोता भी था, मगर बहादुरी के साथ।

गिरधर निस्सहाय निष्ठुरता के साथ मदन की ओर बढ़ा। मदन ने अपने दाँत भींच लिये। गिरधर मदन के बिलकुल पास आ गया था कि अचानक वह

ठिठक गया। उसके चेहरे से नाराजगी का बादल हट गया। उसने लपककर मदन को हाथों से उठा लिया।

मदन हक्का-बक्का अपने पिता को देख रहा था। उसे याद नहीं, उसके पिता ने कब उसे इस तरह प्यार किया था। मगर अभी किया था तो!

गिरधर उस बेपरवाही, उल्लास और गर्व के साथ बोल उठा, जो किसी के लिए भी नौकरी से निकाले जाने पर ही मुमकिन हो सकता है, 'शाबाश बेटा! एक तेरा बाप है, और तूने तो बे, खोखा के दो-दो दाँत तोड़ डाले—हा हा हा हा...!'

प्रकृति का पाप

चौदह-पन्द्रह फीट की, लोहे-लकड़ी से बनी हमारी दुनिया लय-ताल के साथ सरपट भागी जा रही थी। मुझे झपकी आ गई थी। अब मैं जग गया था। डिब्बे में ठसाठस अन्धकार भरा हुआ था, और बाहर तो सिर्फ पिघलता हुआ अन्धकार-ही-अन्धकार। रिमझिम-रिमझिम बारिश हो रही थी। बिजली के दोनों पंखे सों-सों करते हुए हवा उलीच रहे थे। मैं गति में स्थिरता का अनुभव कर रहा था। ट्रेन बहुत तेज रफ्तार से जा रही थी। मेरा मस्तिष्क उनींदी चाल से अपने में ही उलझ-सुलझ रहा था। मुझे नींद नहीं आ रही थी। जगकर क्या करता? डिब्बे में दूसरे लोग सोए हुए थे, नहीं तो कुछ पढ़ता।...और धीरे-धीरे यह निर्जीव सन्नाटा असह्य होता गया। निराकार अन्धकार प्रेत की तरह अदृश्य हाथों से, लग रहा था, मेरा गला घोंट रहा है।...मैंने बत्ती जला दी...।

बिजली के निष्ठुर प्रकाश से समूचा डिब्बा आँखों के सामने उधड़ गया। मैं क्षण-भर के लिए स्तम्भित हो गया। फिर सँभला। मैंने ऐसा दिखलाया, जैसे कुछ देख नहीं सका होऊँ। मैं अपनी आँखें मींचता हुआ उठा। सामने

के बर्थ की ओर पीठ कर मैंने योंही बिस्तर को इधर-उधर किया। फिर बत्ती बुझा दी और लेट रहा।

मैं अंग्रेजों की अनैतिकता पर बौखलाहट के साथ सोचने लगा। इन लोगों की ऐसी बातों के बारे में आज तक सुनता ही आया था। आज अपनी आँखों से देखा था। यह पश्चिमी सभ्यता है! इसका अनुकरण कर क्या हम भी इसी मंजिल पर पहुँचेंगे? मेरे संस्कार को धक्का लगा था। मैं पा रहा था कि हम इन लोगों से आज भी कितने ऊँचे हैं! मैं उन दिनों भारतीय इतिहास, संस्कृति और आचारशास्त्र का गम्भीर अध्ययन कर रहा था। मैं स्वामी शिवानन्द जी महाराज के आश्रम में दाखिल होने जा रहा था...।

साहब इलाहाबाद में ट्रेन पर चढ़ा था। लूसी कानपुर में। लूसी को कुछ लोग स्टेशन पर छोड़ने आए थे। तब मैंने उसका नाम सुना था। मैंने यह भी अनुमान किया था कि उनमें से एक महाशय उसके पति थे। लेकिन मैं अपने तक ही सीमित कटु व्यंग्य के साथ सोच रहा था; इन लोगों के बारे में कुछ अनुमान करना क्या आसान है? बातचीत, आचार-व्यवहार से कौन कह सकता है भला कि यह भाई है और वह पति? स्टेशन पर ही लूसी का बिस्तर बगलवाले बर्थ पर लगा दिया गया था और जो साहब उस पर पहले से ही बैठे थे, वे खुद ही, शराफत के नाते, बीचवाले बर्थ पर आ गए थे। मुझे अब खयाल आया, शायद बर्थ बदलने की जरूरत इसलिए भी समझी गई हो कि मेम साहब को काले आदमी से भरसक दूर ही रहना चाहिए। सती-साध्वी जो ठहरीं! मैंने मन-ही-मन निष्फल व्यंग्य किया। और इसी सिलसिले में उनकी जान-पहचान भी हो गई थी। मैंने उनके परिचय का प्रारम्भ भी देखा था, आवेगपूर्ण मध्य भी और अप्रत्याशित चरम परिणति भी। मैं एक सम्पूर्ण नाटक का दर्शक था। मेरी भावनाओं को गहरी चोट लगी थी।

मैं चौंका। मेरे विचारों का प्रखर प्रवाह किधर मुड़ने लगा था!...तो नींद आ रही थी। अब तो फिर जग गया था। मेरा दिमागी तनाव ढीला पड़ रहा

था। जिस्म को भी बहुत आराम मालूम हो रहा था। लचकदार गद्दे का स्पर्श मांसल आनन्द दे रहा था। जाने कब मेरा सुधारक तो सो गया और तन्द्रल युवक जागरूक हो उठा। मेरी आँखें बन्द थीं। और मैं लूसी को सूक्ष्मता के साथ देख रहा था।

अब तक लूसी और वह साहब नारी-पुरुष थे। वे पाश्चात्य समाज के प्रतिनिधि थे। नैतिकता-सम्बन्धी मेरे विचारों के लिए वे आधार-मात्र थे। और सहसा न वह साहब था, न उसके साथ की वह औरत, जिसका नाम लूसी था। मैं सो रहा था। और जग भी रहा था।

मैं जितना जगा हुआ था, जितना सोच सकता था, जितना देख सकता था, उतने सबमें अगर कोई चीज थी तो लूसी। लूसी, मैं हैरत में था, अजन्ता की दीवार की तसवीर बनकर आई और संगमरमर की बेजान और जीती मूरत बनकर भी। वह मेरी बन्द आँखों के पट पर हँसती हुई आई, शरमाती हुई और बेहद गम्भीर भी। उसे साड़ी में देखा। वह स्कर्ट में दिखाई पड़ी। उसने सतरण-वस्त्र पहन रखा था। और वह सोने के पहले सारे वस्त्र उतार चुकी थी। तभी वह संगमरमर की मूरत बन गई। फिर अजन्ता की। क्षण-भर बाद ही किसी फ्रेंच उस्ताद की तसवीर...।

दिन में तो ठीक-ठीक लूसी को देखा था। वह एक साधारण अंग्रेज युवती थी। सुन्दर थी, इसलिए कि वह युवती थी। लेकिन इस वक्त सत्य और कल्पना अपना विरोध भूल चुकी थी। मेरे सौन्दर्य-ज्ञान ने लूसी का आधार लेकर उस सर्वांगपूर्ण नारी का निर्माण कर लिया था, जिनकी कल्पना मैंने अपनी जिन्दगी में जरूर ही की थी...।

और सहसा लूसी उस पत्थर की मूरत-सी हो गई, जिसकी नाक टूटी हुई हो। उसके साथवाले साहब के हाथ में हथौड़ी और छेनी थी। उसके होंठ ऐंठे हुए थे और पीले, बड़े-बड़े दाँत बाहर को निकले हुए। मुझे रोमांच हो आया। मैं पूरी तरह से जग गया था। नीचे की खड़बड़ाहट को आत्मसात्

करती हुई निस्तब्धता अन्धकार को और ठोस बना रही थी। मैं नींद में क्यों काँप उठा था, अब समझा। बाहर काफी जोरों की बारिश शुरू हो गई थी। खुले जँगले से फुहियाँ आकर मुझ पर पड़ रही थीं। मैंने उठकर शीशा लगा दिया। मैं लेटा नहीं। मैं शीशे के जँगले से बाहर का गीला और ठंडा अन्धकार देखने लगा। मैं अपने से असन्तुष्ट था। मेरी नजर में मेरा स्वप्न मानसिक पतन था। मैं जल्द-से-जल्द स्वामी शिवानन्द जी महाराज के आश्रम में पहुँच जाना चाहता था।

मैंने सिरहाने रखी सुराही से एक गिलास ठंडा पानी पिया। और मैं लेटने जा रहा था, कि बाहर बादलों का एक भयंकर विस्फोट हुआ। इसी समय दूर, बहुत दूर, बिजली कौंधी और कैमरा की आँख की तरह मेरी आँखों में एक चित्र क्षण-भर में अंकित हो गया। धरती और आसमान—एक-दूसरे की बाँहों में लिपटे हुए, एकाकार! मेरी चेतना बिखर गई। आँखों में कई चित्र ताश के पत्तों की तरह मिल-जुल गए। लूसी...धरती...लूसी!...आसमान... आसमान...स्वामी शिवानन्द जी महाराज!

...मैं स्वामी जी के आश्रम में दाखिल नहीं हुआ।

समय और आदमी

जब नौकर ने सलावर पर रखे अर्जेंट तार को धीरेन के सामने रखा तब महफिल की भूमिका खत्म हो चली थी। बारह बजने के बाद साजिन्दे बाहर चले गए थे। धीरेन और उसके तीनों मित्र अब साथ में एक-एक नाचनेवाली को लेकर अपने कमरों में उठ चलने के लिए कोशिश कर रहे थे। आखिरी बार कहकर प्याले उठाते थे और उन्हें खाली कर फिर भरने के लिए बढ़ा देते थे। दुनिया चक्कर खा रही थी, पर उन्हें दुनिया का सारांश शराब में दीख रहा था।

इस वक्त जरूरी-से-जरूरी काम के लिए भी धीरेन के किसी आदमी के वहाँ आने की हिम्मत नहीं हो सकती। पर मुंशी जी ने तार रिसीव कर उसके महत्त्व को थोड़ा-बहुत महसूस किया था। नौकर को उन्होंने दिलासा देकर बाग वाली कोठी में भेजा था कि श्रीनगर से जरूरी तार आया है, यह कहने पर मालिक नाराज नहीं होंगे, तुरन्त तार न मिलने से पीछे सब पर बरस पड़ेंगे।

मुंशी जी की ईमानदारी के बारे में दो रायें हो सकती हैं, पर उनकी दूरन्देशी के सब कायल हैं। 'श्रीनगर से जरूरी तार आया है' वाले मंत्र ने धीरेन की

झुँझलाहट को जादू की तरह भगा दिया। मित्रों पर इसका कोई असर नहीं हुआ। उन्हें अब इसकी परवाह नहीं थी कि धीरेन का नौकर खड़ा है। पर धीरेन की शिथिल चेतना पर कोड़ा-सा पड़ा था। वह तार पढ़ रहा था : 'लीला की हालत एकबारगी खराब हो गई है। पहली गाड़ी से आ सको तो शायद उसकी आखिरी मुराद पूरी हो जाए। पिछली बातों के लिए मुझे क्षमा कर यदि लीला के लिए इतना कर सको तो ऋणी होऊँगा—बंकिम।'

तार पढ़ते ही धीरेन की संकुचित चेतना विस्तृत हो गई और वह सँभल गया। एक बार उसकी आँखों के सामने अन्धकार छा गया, पर उसने साहस से काम लिया, जैसाकि जीवन में शायद एक बार ही आदमी करता है। वह उठा। उसने नौकर का अवलम्बन लेना अस्वीकार किया। वह धीरतापूर्वक लड़खड़ाता हुआ बाहर कार में बैठ गया।

दो घंटे बाद सुबह को मेल से वह रावलपिंडी के लिए रवाना हुआ। वहाँ से वह श्रीनगर जाएगा। आज की तरह हवाई जहाज सुलभ नहीं था, नहीं तो काफी रुपये धीरेन खर्च कर सकता था। उसके दिमाग में खयाल जरूर आया था कि यदि वह जहाज से जा सकता तो कुछ घंटों में ही लीला के पास पहुँच सकता था। तब यह आशंका कि वह बहुत देर से पहुँचेगा, उसे इस तरह एकदम गहरी निराशा में घुटने के लिए नहीं छोड़ती।...वह सोचता-सोचता सो गया। इतने वेग से जाती हुई कि स्थिर-सी लगती मेल की लय-युक्त खड़खड़ाहट, ठंडी सुबह की हवा और नशे को दूर रखने के काम से परास्त होकर वह जब तक सोया, खूब सोया।

वह जगा तो दिन चढ़ आया था। उसका सर फटा जा रहा था। उसे ऐसा मालूम हो रहा था, जैसे डिब्बे का तख्ता उसके सर से टकरा जाया करता हो। गाड़ी रुकने पर उसने रेस्तराँ-कार से एक पैग ब्रांडी मँगाकर अपने सरदर्द की अव्यर्थ दवा की। अब सो तो वह सकता नहीं। जीवन की भूली-बिखरी बातें जैसे पावनेदार की तरह मौका देख रही थीं। वह कुछ नहीं

याद करना चाहता। पर उसने रेस्तराँ-कार के ब्वाय की फिर सहायता नहीं ली। वह जानता था, इस मौसम में कश्मीर पहुँचने में काफी दिक्कतें उठानी पड़ती हैं, फिर उसे तो समय के साथ होड़ लेनी थी, एक-एक क्षण बहुमूल्य था! वह अभी लम्बी बीमारी से उठा था। उसने अपने जीवन की मोमबत्ती को दोनों ओर से ही नहीं, बीच से भी जला रखा था। शक्ति के अणु-मात्र का अपव्यय वह नहीं करना चाहता था। याद करने से ही घबरा उठेगा, तो कश्मीर के रास्ते की ये चक्करदार पहाड़ियाँ कैसे पार होंगी? उन्हें वह पार कर लेगा तब तक...। वह सोचता जा रहा है, बंकिम बाबू यों ही घबरा उठे होंगे। शायद जब तक वह पहुँचे, लीला बिलकुल चंगी हो जाएगी। फिर भी बंकिम बाबू उसे लीला से मिलने के लिए तो कहेंगे ही। वह चाहता क्या है? उसी से क्या चाहा जाता है? क्या यह लीला के यहाँ जाने के लिए दुनिया का सबसे बड़ा पाप करने में भी हिचकता? और वह वहीं तो जा रहा है। लीला को उससे मिलने के लिए मना किया गया था। लीला ने भी उस दिन अपनी आँखों देख लिया था कि सचमुच वह ऐसा आदमी नहीं था जिसके लिए विवेकशील पिता की आज्ञा का उल्लंघन किया जाए। और उसे लीला के कहने से बंकिम बाबू ने बुला भेजा है। लीला क्या सचमुच नहीं बचेगी? उसने सुना तो जरूर था कि लीला की तन्दुरुस्ती खराब होने की वजह से ही बंकिम बाबू आबोहवा बदलने के लिए कश्मीर गए थे, पर यह तो आज ही सुबह मुंशी जी से उसे मालूम हुआ था...।

और धीरेन को बहुत पहले की एक रात याद आ गई जब श्रीनगर से दूर लीला की माँ अस्वस्थ हो गई थी। वह उसी रात श्रीनगर जाकर डाक्टर बुला लाया था। उसे विश्वास नहीं होता, वह कैसे किसी के लिए इतना कर सकता था और इससे भी ज्यादा तो यह कि कैसे कोई इसकी आशा कर सका था, उसे ऐसा कुछ करने के लिए कहने की हिम्मत कर सका था। उसने लीला की माँ की दिन-रात अयाचित सेवा की थी। उसे अपने माँ-बाप

की याद नहीं। उसके भाई-बहन कोई नहीं। किसी के प्रति उसने कभी सोचा-विचारा नहीं, पर जैसे उन दस-पन्द्रह दिनों तक उसके असामाजिक अस्तित्व का एक कारण मिट गया था। मातृत्व क्या चीज है, इसका उसे उन्हीं दिनों कुछ आभास मिला था। उसे वह भूल नहीं सकता, यद्यपि उस पर विश्वास करने का भी उसे साहस नहीं होता।...हाँ, तो तभी का परिचय शहर में लौट आने पर भी बढ़ता गया था। दो-तीन महीने तक उनकी यह घनिष्ठता बढ़ती रही, और बंकिम बाबू के परिवार में यह नि:सन्दिग्ध-सी बात मान ली गई थी कि यह आत्मीयता चिर-सम्बन्ध में परिणत होगी ही। धीरेन को तो अब भी अपने तत्कालीन सुधार के स्मरण से आश्चर्य होता था। फिर अकस्मात् ही बंकिम बाबू के व्यवहार में परिवर्तन होने लगा। अत्यन्त सौजन्यपूर्ण रीति से ही, पर स्पष्ट रूप से, उन्होंने उसे यह जता दिया था कि उसका और लीला का मिलना-जुलना पसन्द नहीं था।

उसने साहस कर कहा था कि वह लीला से विवाह करना चाहता था। इस पर बंकिम बाबू ने केवल इतना ही कहा था कि उन्हें उसके चरित्र के विषय में कुछ ऐसी बातें मालूम हुई थीं, जिनके कारण वह इस सम्बन्ध को स्वीकार नहीं कर सकते थे। हाँ, वह यदि उन अभियोगों को असत्य प्रमाणित कर सके, तो वे फिर से विचार करने को सदा तैयार थे। पर धीरेन ने यह कह दिया था कि उसके अतीत के जीवन के विषय में अतिशयोक्ति का कोई डर ही नहीं था, पर बंकिम बाबू बीच में ही बोल उठे थे कि वे धीरेन से कभी उऋण नहीं हो सकते थे, पर उन्हें लीला के भविष्य का खयाल रखना ही पड़ेगा, और धीरेन को भी, यदि उसे उन लोगों के प्रति तनिक भी सच्चा प्रेम था, तो वैसा ही करना चाहिए।

लेकिन लीला ने ही अपने पिता की आज्ञा मानने से इनकार कर दिया था। उसने साफ-साफ कह दिया था कि उसे धीरेन के अतीत से कोई वास्ता नहीं था, आगे के लिए उसे आत्मविश्वास था। पर धीरेन को यह मालूम नहीं

था। लीला अपने विद्रोह को अभिव्यक्त करने के लिए उतावली नहीं थी, पर धीरेन ने तो कभी धैर्य का पाठ नहीं पढ़ा था। उसने अपने से सम्भव एक यह महान् कार्य किया कि उसने लीला के जीवन से अपने को एकबारगी हटा लिया। उसे विश्वास था कि वह ऐसा द्रव्य था कि उसके सम्पर्क में आने पर सोना भी लोहा हो जाता। और तब एक दिन जब वह अपनी उसी अभिशप्त बागवाली कोठी में विस्मृति की साधना कर रहा था, बिना खबर दिये हुए बंकिम बाबू लीला के साथ हॉल में घुस आए थे। वह एक ओर करीब-करीब बेहोश-सा अपनी किसी प्रेमिका के साथ पड़ा हुआ था। दो-एक मित्र भी उसी तरह पड़े थे। वह लीला को देखकर चौंककर उठ बैठा था। पर पत्थर की तरह बैठा ही रह गया था। उसने बंकिम बाबू को कहते सुना था, 'देख तो लिया न, अब अपनी आँखों से?...चलो, चलो!' तब उसे अपने प्रति लीला की भावना के सत्यता का अनुमान हुआ था। उसने जब समझा था तब उसने कुछ नहीं खोया था, पर उस वक्त उसने सब कुछ खो दिया था। जीवन में उसके साथ सदैव ऐसा होता रहा। उसे मौका नहीं मिला, वह मौका पहचान नहीं पाया...।

और इस तरह वह लीला के अन्त का भी कारण होगा ही...।

वह जगते-जगते सोता, सोते-सोते जगता, दूसरी सुबह पिंडी पहुँच गया।

मौसम न होने के कारण पंडों की तरह बस और टैक्सीवालों की भीड़ नहीं थी। फिर भी श्रीनगर तक मोटरों का नियमित रूप से आवागमन रुका नहीं था और उसे आसानी से टैक्सी मिल सकती थी। पर उसकी आत्मा जानती थी कि यदि वह उसी दिन श्रीनगर न पहुँच सका तो जाना और न जाना बराबर था। कम्पनीवाले कहने को कह देते थे कि वे ड्राइवर को कोशिश करने के लिए ताकीद कर देंगे कि वह शाम तक श्रीनगर पहुँच जाए, लेकिन वह जानता था कि शाम रास्ते में ही हो जाएगी और कहीं पड़ाव पर डाक-बँगले में रात नहीं, सारा जीवन गँवा देना पड़ेगा। वह इधर कई बार आया-गया है,

उससे कुछ छिपा नहीं। फिर उसने खुद ड्राइवरों को तैयार करना चाहा। वह मुँहमाँगी बख्शीश देने को तैयार था। सभी ड्राइवरों के मुँह से लार टपकी पड़ती थी। सभी कोशिश करने को तैयार थे। पर कोई बीड़ा उठा लेता, ऐसा दिखाई नहीं पड़ता था।

समय भागा जा रहा था। क्या वह आशा छोड़ ही दे समय पर पहुँचने की? उसी समय उसकी हताश आँखें कतार के अन्त में अपनी गाड़ी के अगले मडगार्ड के सहारे खड़े एक पठान ड्राइवर पर अटकीं। इस चौड़े, पर मोटे नहीं, शायद उससे भी लम्बे मोटर चलानेवाले में, ज्यादा हार्स-पावरवाली मोटर की तरह, असीम अदृष्ट शक्ति सन्निहित लगी। जमीन को चूमते हुए तहमद पर घुटनों तक लम्बी आधी बाँह की कमीज थी। उस पर कहीं-कहीं गन्दी ग्रीज और मोबिल ऑयल के धब्बे थे। उसके सर पर निर्दोष गुलाबी साफा था, जिसका पिछला छोर गले से लिपटा हुआ आगे फहरा रहा था। बाँहों और छाती पर पेशियाँ उभरी हुई थीं, जैसे साँप चिपटे हों! मुँह पर जैसे 'रूज' मला हो—नंगी शक्ति का प्रतीक। धीरेन ने देखा, यदि उसे यहाँ भी विश्वास नहीं मिला तो फिर कोई उपाय नहीं है।

उसने उसके पास जाकर रुपये लेन-देन की बातचीत नहीं की, बल्कि सीधे कहा : 'श्रीनगर में एक औरत है, जो बहुत बीमार है। वह उसे देखना चाहता है। अगर वह शाम तक श्रीनगर पहुँच जाता तो शायद उसकी मुराद पूरी हो जाती; क्या...?'

धीरेन दुर्ललित मनुष्य है। आज तक उसने जो कुछ भी चाहा, उसे प्राप्त कर लिया है। पर उसे आश्चर्य है, जिससे वह रुपये देकर काम लेने जा रहा है, उसी तुच्छ मोटर-ड्राइवर के सामने उसकी वाणी में कैसे इतनी विवशता और याचना आ गई है! लेकिन उसका आश्चर्य आतुरता में परिणत हो गया जब उसने अनुभव किया कि उस अपरिचित यंत्रजीवी में कुछ प्रतिध्वनित-सा हो उठा।

अल्पभाषी पठान ने कुछ ठहरकर कहा, उसने आज तक इस मौसम में श्रीनगर का रास्ता दिन-भर में कभी तय नहीं किया था, लेकिन वह समझ गया था, वह एक बार जान लड़ा देगा।

रुपयों के बारे में धीरेन को कुछ मौका नहीं मिला। अकराम खाँ आदमी के दिल को पहचान सकता था तो जेब को भी। उसने टैक्सी को तेल, पानी, हवा के लिए घुमाया और धीरेन को कम्पनी से कागज वगैरह ले आने के लिए भेज दिया।

स्टैंड से छूटते-छूटते नौ बज ही गए! पर एक बार वहाँ से चल निकलने पर धीरेन को अकराम की कुशलता में सन्देह नहीं रहा। जन-संकुल शहर की सड़कों को गैर-कानूनी रफ्तार से पार करते वक्त बगल में ही बैठे धीरेन ने देखा, अकराम के पैर क्लच, ब्रेक और एक्सिलरेटर पर ऐसे सधे पड़ते थे, जैसे हारमोनियम की पटरियों पर उस्ताद की उँगलियाँ! इशारे से गियर बदलता हुआ वह एक हाथ से भी नि:शंक स्टियर कर सकता था। शहर के तुरन्त बाहर सीधी सड़क पर स्पीडोमीटर की सुई साठ पर ठिठकी हुई थी। पर धीरे-धीरे चढ़ाई शुरू हो गई और गाड़ी सेकेंड गियर में धीमी पड़ ही गई। आगे के चक्कर खतरनाक थे, लेकिन समतल जमीन होने पर टॉप गियर में गाड़ी चलाई जा सकती थी। तब दो पहियों पर भी एकदम अन्धे मोड़ लेते हुए अकराम हिचकता नहीं था। उस वक्त वेग में ऐंठी गाड़ी विरोध में चीख उठती थी; स्थिर अकराम के निचले होंठ पर दाँत गड़ जाते थे। गाड़ी का पिछला हिस्सा भागता-सा मालूम होता था, लेकिन अगले चक्के की कुंजी इस्पात की उँगलियों में जकड़ी हुई थी, इसलिए वे पूँछ में लिपटे-घिसटते चले जाते। हाँ, जब चक्करदार चढ़ाई आ जाती तब सेकेंड गियर में रहने के कारण घटी रफ्तार में सतर्कता से मोड़ लेना पड़ता था। धीरेन खीज उठता था। अकराम निर्विकार चलाता था। वह जानता था, मरी के बाद रास्ता अभी और बीहड़ मिलेगा। अभी तो खैरियत है। गाड़ी कभी चार-पाँच मिनटों से

ज्यादा के लिए नहीं रोकी जाती थी और वह भी जब रेडिएटर भाप उगलने लगता। ऐसे ही मौकों पर धीरेन खुद भी पानी या थोड़ी-सी ब्रांडी पी लेता और अकराम भी।

लेकिन मरी के बाद दिक्कतें बढ़ने लगीं। अब बर्फ का सामना था। सड़कवालों की सतर्कता और कोशिशों के बावजूद कहीं-कहीं बर्फ से पाला पड़ ही जाता था और मनुष्य का साहस और उसकी कुशलता व्यर्थ हो जाती थी। पर बीच में काफी दूर-दूर तक रास्ता साफ मिल जाता था और सबसे बड़ी बात यह थी कि उधर से आनेवाली गाड़ियों का बहुत कम खतरा था। अकराम मौका मिलते ही एक्सिलरेटर पर पाँव दबा देता था। बीच-बीच में पत्थर के ढोके खड्ड में लुढ़क गए थे। सड़क की कगारें मुँह खोले भयंकर दीख पड़ती थीं, पर अकराम अविचलित भाव से दो-एक इंच बचाकर सैकड़ों फीट नीचे के झरनों में पुकारती खाई को धोखा दे जाता था।

अकराम ने उस दिन मृत्यु को चुनौती दे-देकर अनगिनत बार धोखा दिया था। जब अन्तिम पोल-गेट पर गाड़ी पहुँची, तब अकराम की घड़ी से समय हो चुका था कि आगे जाने की इजाजत नहीं मिलेगी। अकराम ने टूटकर स्टियरिंग-व्हील पर सर रख दिया। पर गेटवालों की घड़ी से अभी आधा घंटा समय बाकी था और गाड़ी को आगे बढ़ने की आसानी से इजाजत मिल गई।

श्रीनगर में बंकिम बाबू के बँगले पर पहुँचते-पहुँचते सात नहीं बजे थे।

अकराम को धीरेन ने सौ-सौ के दो नोट दिये। फिर पूछकर नोट-बुक में उसका पता भी लिखा। अकराम फिर भी खड़ा रहा। धीरेन ने समझा कि वह और कुछ चाहता है। उसने कहा कि घर लौटने पर वह उसे और रुपये भेजेगा। वह जिन्दगी भर अहसानमन्द रहेगा।

अकराम ने नीची निगाह किये हुए कहा, 'साहब, मुझे दस-बीस रुपये चाहिए, सो इस वक्त दे दीजिए, मौके-बेमौके यहाँ आपको रुपये की जरूरत

पड़ेगी, मेम साहब के इलाज में खर्च कीजिएगा। मैंने रुपयों के लिए आज मोटर चलाई भी नहीं थी। नाचीज की हमदर्दी समझ लीजिएगा।'

धीरेन ने अकराम के प्रशस्त कन्धों पर बंकिम बाबू के नौकरों के सामने ही अपने हाथ रख दिये। फिर नोटों से भरी पर्स को खोलकर दिखला दिया। अकराम को फिर दूसरे दिन जरूर आने के लिए कहा और अन्दर चला गया।

दूसरे दिन जब धीरेन लीला की श्मशान-यात्रा में निकला तो उसने देखा, अकराम पोर्टिको के एक कोने में सुन्न दुबका हुआ था। वह अपने गुलाबी साफे के गले में लिपटकर आगे निकले हुए छोर से अपनी आँखें पोंछ रहा था।

और धीरेन को डर हुआ, उसकी बालू की तरह सूखी आँखें जैसे आखिर भीग रही हों!

जानी हुई चीजें

प्रकाश और धीरेन ने उस रात अकस्मात् ही एक-दूसरे को चौक में देख लिया। प्रकाश दूसरा खेल देखकर निकला ही था कि धीरेन पास की गली में घुसने के लिए मुड़ रहा था। प्रकाश के लिए यही असाधारण था कि वह इतनी रात को लौट रहा था; आखिरी खेल था, इसलिए वह चला आया था। धीरेन के लिए रात अभी मुश्किल से शुरू हो पाई थी।

प्रकाश ने धीरेन को देखकर रुकने का इशारा किया, पर धीरेन जल्दी से नजर फेरकर गली में घुस जाने के लिए बढ़ा; जैसे उसने अपने मित्र को देखा ही न हो! लेकिन उसने देखा कि दो मिनट में ही प्रकाश उसकी बगल में था और उसके बाएँ कन्धे पर हाथ रखकर उसे फिर सड़क की ओर लौटाए लिये जा रहा था। उसे सफाई देने का मौका मिलेगा, इसकी उम्मीद उसे प्रकाश से नहीं थी। वह चुप ही रहा। आज प्रकाश उसे इतने दिनों बाद पकड़ पाया था—उसे शुरू के पन्द्रह मिनट तो चाहिए ही। और प्रकाश एक स्वर से कहता जा रहा था—वाह भाई, यह भी कोई बात है कि इतने दिनों के बाद धीरेन नजर भी आया तो इस तरह भाग निकलने की कोशिश करे!

वह तो कहिए, वह बच गया, नहीं तो गली तक पहुँचने के लिए सड़क पार करते हुए वह मोटर के नीचे आ जाने से बाल-बाल बचा था। अब उसके बीवी-बच्चे हैं। जी हाँ, आज उसे कुछ हो जाता तब तो धीरेन कहीं का न रहता।

धीरेन ने, यह जानते हुए भी कि प्रकाश अभी उसकी बात सुनने के लिए तैयार न था, हँसते हुए कहा, 'अरे, मुझे तो मालूम ही न था, तुम बच्चोंवाले भी हो गए इसी दरमियान। बधाई दूँ!'

धीरेन ने देखा, जिस प्रकाश को वह जानता आया है, उसका बचपन अब भी नहीं गया है। उसके यूरोपियन-से गोरे मुँह पर शर्म की लाली दौड़ ही तो गई। फिर भी प्रकाश अब वकालत करता है। प्रकृति में परिवर्तन न हुआ हो, पर हाजिरजवाबी का अभ्यास तो रखना ही पड़ता है। बात बदलते हुए उसने कहा, 'देखो धीरू, टालने से काम नहीं चलेगा; तुम बतलाओ, शादी में क्यों नहीं आए?' और जब बोलने का मौका मिल गया तो वही शिकायतों का ताँता।

प्रकाश या तो बिलकुल बोलता ही नहीं या फिर बोलता है तो दूसरों को बोलने का मौका शायद ही देता है। उसने अपनी लज्जालु प्रकृति से अपने को बचाने का यह उपाय बहुत प्रयोगों के बाद सीखा है। पहले तो स्कूल में चुप रहकर ही वह काम चलाने की कोशिश करता था। फिर लोगों के बीच रहकर सफलता प्राप्त करने के लिए, उसने देखा, बोले बिना काम चल नहीं सकता। इसलिए कॉलेज में आने पर वह जितना कम बोलता था, अब उतना ही ज्यादा बोलने लग गया। लोगों को तो जो हुआ हो, पर खुद धीरेन को कितना आश्चर्य हुआ था, वह ही जानता है। पर इस रूप में भी प्रकाश उसके लिए वही था, जो स्कूल में पढ़ने के समय वह हो गया था।

पर अब धीरेन देखता है कि प्रकाश न भी बदला हो, उसके प्रति वह खुद अपने को बदला-सा पाता है। स्कूल में या कॉलेज में भी उसे प्रकाश की मित्रता के लिए उत्सुक नहीं रहना पड़ता था। उनकी मित्रता तो जैसे कुछ

ऐसी थी जो होकर ही रहती है। पर उसने तब उस सम्बन्ध को सदा मन को भला लगने वाला ही पाया था। लेकिन आज वह प्रकाश के साथ अपने को पाकर कुछ विघ्न-सा अनुभव करता है, वह प्रकाश पर अन्दर-ही-अन्दर झुँझला उठता है।

वह प्रकाश को कैसे समझाए कि उसे धीरेन से दूर ही रहना चाहिए। स्कूल और कॉलेज की बदनामियों में आकर्षण भी होता है, पर एक सम्भ्रान्त वकील के लिए यह कहाँ तक उचित है कि वह बारह-एक बजे रात के वक्त चौक के पास ऐसे आदमी के कन्धे पर हाथ रखे देखा जाए, जो एक तबलची पर छुरे से घातक आक्रमण करने के अपने सबसे नये अपराध की सजा पाकर कल ही जेल से छूटा हो। पर प्रकाश ने कब उसकी ऐसी बातों पर ध्यान दिया है! प्रकाश जाने क्या-क्या दुनिया भर की बहुत सारी बातें कहता चला जा रहा था। धीरेन भी सोचता चला जा रहा था। ऊपर से जैसे खुश ही हो मिलकर, पर आधे मन से झुँझलाया हुआ और आधे मन से सचमुच अपने-आपसे विवश।

प्रकाश की बातों की ओर धीरेन की चिन्ता की धारा को भंग करते हुए, इसी समय, कोई दूसरा आदमी 'एक मिनट के लिए' कहकर प्रकाश को अलग ले गया। धीरेन ने देखा, प्रकाश को किसी ऐसे आदमी से मुलाकात हो गई थी, जो उसी की तरह बातें शुरू करना तो जानता था, पर उन्हें खत्म करना नहीं। वह प्रकाश की झुँझलाहट देखकर मुस्कुरा रहा था और उसके स्मृति-पट पर स्कूल-कॉलेज की जिन्दगी के पिछले दृश्य घूम-घूम जा रहे थे...।

यह प्रकाश जब पहले-पहल उस स्कूल में आया था, जिसमें वह पढ़ता था, तब कितना छोटा-सा और खिलौना-सा था! उसने प्रकाश की ओर देखकर

घृणा से मुँह फेर लिया था। तब वह अपने को मर्द कहनेवाला, स्कूल के ग्यारह चुने खिलाड़ियों का और जितने भी आवारा लड़के थे, उन सभी का सरदार था न! भला वह, जो मास्टरों से सीधे मुँह बातें न करता था, बेचारे प्रकाश की ओर नजर भी क्यों उठाता? प्रकाश कई बार उसके पास तक सहमता हुआ आता था, पर इसके पहले कि वह बेचारा कुछ बोले, उसकी आँखें नीची हो जाती थीं और वह दूसरी ओर चला जाता था। और आज वह प्रकाश है, या वही जो कॉलेज में था, या वही जो कुछ दिनों बाद ही स्कूल में हो गया था, जो हर वक्त उसी के साथ देखा जाता था, यहाँ तक कि लोग उनके बारे में अच्छी-बुरी बातें भी कहते सुने जाते थे?

इस घनिष्ठता का सूत्रपात कैसे हुआ था, यह आज भी उसे कल की बात की तरह याद है!

उस दिन वह टिफिन के बाद स्कूल से छुट्टी लेकर, अपनी आँखों में निहायत जरूरी काम से और दूसरों के विचार से आवारागर्दी के लिए, निकल गया था। शाम को वह स्कूल की ओर फुटबॉल खेलने जा रहा था। स्कूल के फाटक के कुछ इधर ही वह अपने साथियों की भीड़ देखकर जल्दी-जल्दी वहाँ पहुँचा तो देखा, उसका शागिर्द और स्कूल का नम्बर दो शरारती लड़का, जिसे ताकत या हिम्मत में सिर्फ उसी से हार माननी पड़ती थी, प्रकाश की किताबें छीनने का प्रयास कर रहा था। धीरेन भीड़ के बाहर से ही देखने लगा। प्रकाश की शर्मीली आँखें क्रोध से लाल हो रही थीं और उसके मुँह पर भी क्रोध की ही लाली थी। उसने बड़े आदमियों के लाड़लों को ऐसे अवसरों पर रोते-गिड़गिड़ाते ही पाया था। वह उत्सुकता से देखने लगा। पहले तो धीरेन के शागिर्द साहब लापरवाही के साथ ही प्रकाश के साथ उलझते रहे, पर अब उन्हें भी क्रोध-सा आता दिखाई पड़ रहा था। और धीरेन ने देखा कि अपने प्रयासों को विफल पाकर सहसा उस लड़के ने प्रकाश की नाक पर घूँसा मारने का उपक्रम किया। धीरेन ने वहीं से

कठोर स्वर में कहा, 'ठहर जा।' और वह लड़का प्रकाश को छोड़ पीछे मुड़कर आग्नेय नेत्रों से देखने लगा, पर तुरन्त ही, धीरेन पर दृष्टि पड़ते ही, अनिच्छापूर्वक वहाँ से हट गया।

उस दिन धीरेन फुटबॉल खेलने नहीं गया। वह प्रकाश को उसके घर तक पहुँचा आया और उसके बाद प्राय: नियमित रूप से वह उसके साथ उसके घर तक जाया करता था—पहले तो प्रकाश को खतरे से बचाने के खयाल से ही, फिर इसलिए कि वह उसके बिना घर लौटने के लिए तैयार ही नहीं होता था...।

और प्रकाश को अपने गप्पी मित्र से फुर्सत मिली तो उसने फिर धीरेन का हाथ पकड़ लिया और उसको साथ लिये बिना घर लौटने से बिलकुल इनकार कर दिया।

धीरेन ने बहुत कहा, उसे कई जरूरी काम थे, वह कल ही उसके यहाँ आएगा और फिर प्रकाश को वह अधिकार रहेगा कि जब चाहे तभी छुट्टी दे उसे, पर प्रकाश की जिद के सामने धीरेन की हिकमत या ताकत आज तक कब कारगर हो सकी थी?

प्रकाश ने ताँगा रुकवाया और धीरेन उस पर बैठ गया। जब प्रकाश भी बैठने लगा तब धीरेन को जैसे कुछ याद आया, 'अरे, ताँगे की क्या जरूरत थी, दो मिनट का ही तो रास्ता है?' उसने पूछा।

'घर नहीं जा रहा हूँ मैं,' प्रकाश ने सलज्ज हँसते हुए कहा, 'आजकल ससुराल में ही रहकर वकालत करता हूँ। वहाँ जमीन-जायदाद देखनेवाला कोई है नहीं। तुम्हें सचमुच नहीं मालूम था क्या...?'

और ताँगें पर बहुत-बहुत बातें होती रहीं और उसमें कुछ हिस्सा लेने का मौका धीरेन को भी मिला ही। जब प्रकाश ने यह सुना कि उसकी शादी के

समय धीरेन जेल में था और इसलिए उसमें शरीक नहीं हो सका था तो वह अपने मजाक की इन शिकायतों के लिए बहुत लज्जित हुआ।

धीरेन को यह सुनकर बहुत सन्तोष हुआ कि प्रकाश को बड़ी सुन्दर-सुघर पत्नी मिली है, जिसे वह बहुत-बहुत प्यार करता है। उसने अपने जीवन की सबसे बड़ी सफलता यह पाई है कि प्रकाश यदि उसे सुधार नहीं सका तो वह भी प्रकाश के रास्ते का काँटा कभी नहीं हुआ। उसे गुमराह करना तो उसने स्वप्न में भी नहीं चाहा, पर उसके साथ रहने से भी ऐसा हो सकता था और यह नहीं हुआ, इसके लिए उसे अपरिमित सन्तोष है।

धीरेन जल्दी तर्क करना नहीं चाहता। अगर तर्क करना आवश्यक ही हो जाता है तो उसका हाथ चल जाता है। उसे अपने अमानुषिक क्रोध पर पीछे परिताप भी होता है, पर उसने ऐसे अवसरों पर अपने को सदा निराश पाया है। उसे मालूम होने लगता है, जैसे सैकड़ों शिराओं से गर्म-गर्म खून बड़े वेग से ऊपर दौड़ रहा हो और उसकी आँखें फट जाएँगी, अगर वह दूसरे को चोट नहीं पहुँचा सके!

प्रकाश ने एक बार कहा था कि हो-न-हो, उसके खून का दबाव बढ़ गया था। उसने जबर्दस्ती डाक्टर से जाँच भी कराई थी, पर वह बेचारा धीरेन के असाधारण स्वास्थ्य को देखकर ही घबरा गया था। उसे खून के दबाव का थोड़ा शक जरूर था, फिर भी कोई चिन्ता की बात नहीं थी। उसने एक 'सिडेटिव' के लिए नुस्खा लिख दिया था। जो हो, उसे प्रकाश के साथ तो कभी-कभी तर्क करना ही पड़ता है। और तब प्रकाश उसकी व्यंग्योक्तियों को, उसकी दुनिया के उलटे विचारों को बड़े चाव से सुनता है।

धीरेन नये सिरे से, बढ़ी हुई कटुता के साथ, अपने आदर्श का प्रतिपादन कर रहा था। उसने अपने जीवन में कभी पुण्य करने का पाप नहीं किया है। उसका पाप निष्कलंक है; क्योंकि उसमें कहीं पुण्य का एक छोटा-सा

धब्बा भी नहीं लग सका है। धीरेन अपने को पूर्णता का कायल मानता है। उसके पाप में पूर्णता पाना पुण्य में पूर्णता पाने से भी कठिन है। इसलिए, वह कठिनतर आदर्श को अपनाए हुए है...।

जब धीरेन इस तरह तर्क करने लगता है, तब उसके उत्तर में प्रकाश कई बार यह कहते-कहते न जाने क्या सोचकर रुक गया है कि धीरेन के पापों की पूर्णता में एक कमी का प्रमाण तो वह खुद ही है—यदि धीरेन ने उसे रोका न होता तो बिना उसके प्रोत्साहन के ही वह खुद भी आज उसी के पथ पर चलता दीख पड़ता।

आंज भी प्रकाश कई बार उसे यही उत्तर देते-देते रुक गया, जो न जाने कितनी बार उसकी जबान पर आया होगा, पर वहीं रोक भी लिया जाता था। इस उत्तर को सोचते ही उसके हृदय में यह आशंका भी उठ खड़ी होती थी कि धीरेन इस कृतज्ञता-प्रकाशन से हतप्रभ हो जाएगा, लज्जित हो उठेगा। और यह उसके लिए असहनीय है। वह प्रकाश को कभी क्षमा नहीं करेगा। उसकी हालत वैसी हो जाएगी, जैसी उस नास्तिक की हो सकती है—यदि उसे कोई छिपकर देव-मूर्ति को प्रणाम करते देख ले और इसी के बल पर उसे नास्तिक मानने से इनकार कर दे।

धीरेन आगे और कुछ कहने जा ही रहा था कि एक गली के सामने प्रकाश ने ताँगेवाले को रुक जाने के लिए कहा।

ताँगेवाले को पैसे देकर प्रकाश धीरेन को पीछे-पीछे चले आने के लिए कहकर गली में आगे बढ़ा।

पत्थर के मकानों के जंगल की पगडंडी-सी उस गली के बीच में घोर अन्धकार था। और चूँकि गली के मुँह पर तेज बिजली की रोशनी थी और फिर सामने दूर पर भी, इसलिए बीच का अन्धकार और घना हो गया था। प्रकाश तो अभ्यास-जनित विश्वास के साथ चला जा रहा था, पर धीरेन सँभल-सँभलकर पैर बढ़ा रहा था।

वे कुछ ही दूर आगे बढ़े होंगे कि धीरेन के पाँव के अँगूठे में, थोड़ा ऊपर एक पत्थर की ठोकर लगी और उसके मुँह से उफ निकल ही गई। प्रकाश ने मुड़कर देखा तो धीरेन घुटने पकड़कर झुका हुआ था। उसने माचिस जलाई और उसी की रोशनी में रूमाल से अँगूठे को बाँध दिया। फिर अपनी असावधानी के लिए माफी माँगता हुआ धीरेन को हाथ का सहारा देकर धीरे-धीरे चलने लगा।

सहसा धीरेन को लगा, जैसे उसके मस्तिष्क में पाँव के अँगूठे की चोट की उपस्थिति किसी धुँधले अतीत की स्मृति के लौट आने के प्रयास से बाहर ठेली जा रही हो! एक बार उसे किसी ऐसी ही गली में ऐसी ही चोट आई थी।...ओह, कब? क्या और भी कोई समय था? कौन था? कहाँ? फिर क्या हुआ था? वह कहाँ जा रहा था...?

जैसे किसी काफी जरूरी खत के टुकड़े पड़े रह गए हों और वे बहुत दिनों के बाद अपने-आप मिलकर फिर पूरा खत होने की कोशिश कर रहे हों, पर सफल नहीं हो रहे हों; मालूम पड़ता हो कि इस बार टुकड़े ठीक-ठीक बैठ जाएँगे पर फिर भी कहीं कुछ गलती हो जाती हो!...बस, उस सिलसिले की एक बात ठीक सामने आ जाती, पर वह क्यों नहीं आती?

धीरेन हैरान था। प्रकाश को डर हो रहा था, शायद उसके मित्र को बहुत कड़ी चोट लगी थी। धीरेन इधर जरूर बहुत कमजोर हो गया होगा, नहीं तो कितनी भी कड़ी चोट क्यों न लगे, उसे इतना परेशान तो कभी नहीं देखा था।

प्रकाश ने घर पहुँचकर धीरेन को आराम से बैठक में बैठा दिया और अन्दर दौड़ गया। वहाँ से वह बहुत-सा धुला हुआ पुराना कपड़ा, रुई, टिंक्चर-आयोडिन वगैरह लेकर बड़े ही व्यस्त भाव से आकर धीरेन के पास बैठ गया और गर्म पानी का इन्तजार करने लगा।

'पानी तुरन्त गर्म करने के लिए पत्नी से कह आया हूँ। उसे लेकर वह आती ही होगी। अब दर्द कैसा है?'

धीरेन कुछ कह नहीं पा रहा था। दर्द? वह तो कब का दर्द भूल गया था। पर वह जो उसे याद आते-आते रुक जाता था और उससे जो विचित्र यंत्रणा हो रही थी, उसको कैसे समझाए...?

तभी अन्दर के दरवाजे का पर्दा हटा और प्रकाश को बतलाने की जरूरत नहीं पड़ी, धीरेन समझ गया, उसकी पत्नी हाथों में गर्म पानी का बर्तन लेकर सामने आ रही थी।

धीरेन ने मना किये जाने पर भी उठकर नमस्ते किया। प्रकाश ने अपने हाथों धीरेन की मरहम-पट्टी की। इस काम में उसकी पत्नी उसे सहायता देती रही।

इस बीच में सिर्फ एक बार अकस्मात् ही धीरेन की और उसके मित्र की पत्नी की आँखें चार हो गई थीं। धीरेन चौंक गया था। प्रकाश ने समझा था कि टिंक्चर लगाने की वजह से धीरेन को तकलीफ पहुँच रही थी।

और प्रकाश की पत्नी निर्विकार, अविचलित भाव से अपने पति की सहायता करती जा रही थी।

धीरेन को विश्वास नहीं हो सका कि प्रकाश की पत्नी ने उसे पहचाना नहीं था। उसका अपना अनुभव है कि जिसने उसे एक बार देखा है, वह उसे कहीं भी, कितने दिनों के बाद भी भूल नहीं सकता—कुछ डील-डौल, क़ुछ असाधारण व्यक्तित्व की वजह से। यह एक बार प्रकाश ने ही कहा था और सच ही कहा था। पर वह स्तम्भित होकर देखता रहा कि जिस नारी की साधारणता वह एक बार बहुत पहले देख चुका था, उसी में कितनी असाधारणता भी छिपी हुई थी! उसने धीरेन को पहचाना तो निस्सन्देह होगा, पर इसका कोई चिह्न उसने प्रकट नहीं होने दिया।

धीरेन वहाँ मुश्किल से पाँच मिनट और बैठा। फिर एकबारगी उठ खड़ा हुआ और निश्चित स्वर में जाने की इजाजत चाही। प्रकाश ने बहुत कहा, उसकी पत्नी ने भी, पर वह फिर आने को कहकर चला ही गया...।

धीरेन गली में तेजी के साथ जाने की कोशिश कर रहा था। वह अपने पैर की चोट भूल गया था, पर अभी जो प्रकाश की पत्नी को देख उसे वह याद आती-आती भूल जानेवाली बात याद आ गई थी, उससे उसकी अन्तरात्मा लाल लोहे से दग गई थी...तो आखिर, अनजाने सही, बिन चाहे सही, पर प्रकाश के जीवन की निर्मल धारा को भी उसने कहीं पंकिल किया ही...!

पाँच-सात वर्ष हुए होंगे, उसी गली के मुँह पर उसे एक बुढ़िया मिली थी। उसने बगल से जाते वक्त गुनगुनाते हुए कहा था, पाँच रुपये मिलने पर वह उसे एक ऐसी जगह पहुँचा देगी, जहाँ नाक रगड़कर, सौ-हजार खर्च कर भी तो कोई नहीं पहुँच सकता। धीरेन निर्भय उसके साथ चला गया था। उसे रास्ते में वैसी ही ठोकर लगी थी। वह उसी घर में पहुँचा था। उसे प्रकाश की सौतेली सास के लिए भेजा गया था, जिनकी उम्र मुश्किल से पच्चीस वर्ष की थी और जो हाल में ही विधवा हुई थीं। उनके अपनी कोई सन्तान नहीं थी। उनके पति के पहले विवाह से दो पुत्रियाँ थीं, अपने कृपा-पात्रों को वे उनके पास भी जाने से नहीं रोकती थीं। और, धीरेन तो उनका विशेष कृपा-पात्र बन गया था। धीरेन को यह सब याद आ रहा था और वह निचले होंठ को दाँतों से दाबे यों चला जा रहा था, जैसे पीछे उस याद का प्रेत दौड़ा आ रहा हो!

ये बीमार लोग

उस दिन रमेश से धीरेन की अचानक ही मुलाकात हो गई थी। धीरेन पैराडाइज होटल के 'रिसेप्शन-हॉल' में अपना नाम-पता दर्ज कर रहा था। उसके दाहिने कन्धे पर किसी का हिचकता हुआ हाथ पड़ा तो वह चौंककर मुड़ा।

'जी...आप...' कहता-कहता रमेश को पहचानते हुए धीरेन बोला, 'अच्छा, रमेश...तुम हो?'

और रमेश ने कुछ और कहने के संकट से बचते हुए कहा, 'आप रानी साहिबा विक्रमपुर हैं। ये हैं मिस्टर...यह धीरेन हैं, कॉलेज में मेरे साथ पढ़ते थे।'

'अपना नियाज हासिल कर निहायत मसरूर हुई।' रानी सहिबा की आँखें धूपचश्मे के भीतर एक बार कौंध गईं।

'कृपा है!' धीरेन ने रमेश की ओर देखते हुए रानी साहिबा को जवाब दे दिया।

फिर अभिवादन में हाथ उठा वह चलने को हुआ तो रानी साहिबा ने उसकी बेअदबी को मानो माफ करते हुए फरमाया, 'हम लोग आठ-साढ़े आठ बजे अपने कमरे में ही डिनर खाएँगे, आप भी हम लोगों के साथ ही खाना खाइए न!'

धीरेन ने रानी साहिबा के निमंत्रण में दिलचस्पी नहीं दिखाई और वह कुछ कहने ही जा रहा था कि रमेश ने बात समझा दी, 'बात ऐसी है, भई धीरेन, कि रानी साहिबा की तबीयत नासाज है। यहाँ हम लोग कैप्टन चैटर्जी को कंसल्ट करने आए थे। कल से उनकी दवा शुरू भी हो गई है, लेकिन आपकी तबीयत खराब ही है। देखो, अभी चार बजे हैं। तुम कपड़े बदलकर चाहो तो थोड़ी देर के लिए बाहर से भी हो आ सकते हो। लेकिन साढ़े आठ बजे तक आ जाओ जरूर डिनर के लिए। सूट नम्बर दो—याद रहेगा न?'

रानी साहिबा के धूपचश्मे के भीतर का अन्धकार और गहरा हो गया।

धीरेन हिचका, फिर बोला, 'देखो, आ जाऊँगा, सो लांग...।'

और, धीरेन आठ बजे तो नहीं, साढ़े आठ बजे जब सूट नम्बर दो में दाखिल हुआ तब डिनर का पहला कोर्स चल रहा था। वह माफी चाहता हुआ मेज के बीच की कुर्सी पर बैठा और सूप के दो-एक चम्मच लेकर रानी साहिबा की ओर देखने लगा।

रानी साहिबा रमेश को डपटती हुई कह रही थीं, 'तुम्हें कभी अक्ल भी आएगी? मैंने सूप के लिए तुम्हें क्या हिदायत दी थी...?'

रानी साहिबा बीच में ही रुक गईं—धीरेन उनकी ओर कुछ इस तरह देख रहा था। 'देखो, मैनेजर से कह देना,' उन्होंने मुलायम पड़ते हुए कहा और धीरेन पर उन्होंने अपनी आँखों की सारी कला खर्च कर दी।

धीरेन ने घृणा के साथ देखा, रमेश पुचकारे जाते हुए कुत्ते की तरह खीस निपोड़े हुए था। रानी साहिबा वाइन-गिलास की डँटल को उँगलियों में नचा रही थीं। उन्होंने एकाएक धीरेन से पूछा, 'और हाँ, आपके लिए क्या मँगवाऊँ—शैम्पेन? ब्वाय?'

'देखिए, शराब मैं नहीं पीता,' धीरेन ने मखमली व्यंग्य से कहा, 'शराब से मुझे नशा नहीं आता—ऐसी शराब से।'

यहाँ खतरे का एक सेकेंड कमरे में आया और गुजर गया। धीरेन ने जान-बूझकर चाहा था कि कमरे का वातावरण चूर-चूर हो जाए। लेकिन रानी साहिबा ने शालीनता के साथ धीरेन की आखिरी बात अनसुनी करते हुए दुहराया, 'ब्वाय, आपके लिए शैम्पेन!'

ब्वाय भी तब तक आ गया था। रानी साहिबा के व्यक्तित्व के सम्बन्ध में धीरेन की दिलचस्पी बढ़ी। कमरे के वातावरण का तनाव ढीला पड़ गया। धीरेन हँस रहा था। रानी साहिबा मुस्कुरा रही थीं। रमेश कॉलेज की एक घटना बयान कर रहा था। उसकी हिम्मत बढ़ रही थी। उसने लगातार दो-तीन बार शराब के प्याले को खाली कर दिया था।

'...थर्ड इयर में हम लोग थे। अंग्रेजी का शायद क्लास था। प्रो. काबिल निकोलस पढ़ा रहे थे। जैसे काबिल, वैसे ही सख्त। लेकिन नाचीज को तो आप जानती ही हैं...।' और रमेश ने अपना प्याला फिर खाली करते हुए कहना शुरू किया, 'मेरी नजर इस धीरेन की चुटिया पर लगी हुई थी, जिसमें एक बड़ी-सी गाँठ पड़ी हुई थी। जी हाँ, तब आप मस्तक पर चन्दन का टीका लगाते थे, जूते नहीं पहनते थे और जैसा अभी अर्ज कर रहा था, एक लम्बी-तगड़ी चुटिया भी रखते थे...।'

रानी साहिबा होंठों से प्याला लगाते हुए धीरेन के चौड़े ललाट की ओर देख रही थीं, जिस पर चन्दन के टीके की जगह दो गहरी लकीरें उभर आई थीं।

रमेश लड़खड़ाते स्वर से फिर कहने लगा, 'मेरी...हालत यह हो रही थी कि आँखें इस आदमी की चुटिया से हट नहीं पा रही थीं। लोग कहते हैं न कि साँप चिड़िया की ओर देखने लगता है...या यों कहिए कि चिड़िया साँप की ओर देखने लगती है तो देखती रह जाती है और साँप आकर उसे निगल जाता है...। सो मैंने अपने हाथ बढ़ाए...हिचकी लेते हुए मेरे हाथ बढ़ ही तो गए अपने-आप और मैं धीरे-धीरे लगा इसकी चुटिया को डेस्क में बाँधने। और इसकी कम्बख्ती तो देखिए, न जाने कैसे इसे मालूम हो गया

और क्लास ही में उठकर लगा ही तो दिये दो-चार तमाचे मुझे।' और रमेश मसखरे की तरह अपने को सहलाने लगा। 'प्रोफेसर साहब जब बड़ी सख्ती के साथ इसे डाँट बताने लगे तब मुझे कुछ तसल्ली भी हुई, लेकिन यही क्यों चूकते! धीरेन ने छूटते ही कहा था—जनाब, ऐसी बातों को मैं बर्दाश्त नहीं कर सकता और आपसे सजा देने के लिए तो तब कहता जब अपने में ताकत न होती।'

रानी साहिबा ने हँस दिया। धीरेन मुस्कुरा रहा था। रमेश कुछ कहना चाह रहा था कि तभी धीरेन ने कलाई की ओर देखा और उठ खड़ा हुआ।

'दस बज रहे हैं। मुझे तो इजाजत दीजिए।' धीरेन बाहर चला गया।

कमरे में खतरा छाता जा रहा था, तनाव बढ़ता जा रहा था—एक दूसरी तरह का खतरा। तनाव, जो रानी साहिबा की धमनियों में ऐंठ खा रहा था।

इन्हें फूँक से उड़ाकर धीरेन चला गया तो रानी साहिबा कुछ इस तरह बिखर गईं जिस तरह डिनर टेबल पर जूठे प्लेट वगैरह।

और रानी साहिबा ठीक ग्यारह बजे धीरेन के कमरे में आ गई थीं। धीरेन ने अभी तक उन्हें बैठने को नहीं कहा था। लेकिन उन्होंने ही कहा, 'आपके लिए एक तोहफा है,' और उन्होंने उसकी ओर एक चाँदी का ब्रांडी-फ्लास्क हँसते हुए बढ़ाया और फिर कहीं कुछ जैसे देखा हो, कहा, 'ओहो, तो इसकी कोई खास जरूरत नहीं थी, क्यों?'

रानी साहिबा कमरे के बीच की मेज के पास तक चली आईं और उन्होंने झुककर उसके अन्दर से ट्रे उठाकर मेज के ऊपर रख दिया। ट्रे में अफ्रीकन व्हिस्की की एक आधी खाली बोतल पड़ी हुई थी। टम्बलर भी आधा ही खाली था।

उसे भरकर रानी साहिबा ने धीरेन की ओर बढ़ाते हुए कहा, 'लीजिए न!' फिर उसने अपने होंठों से लगाकर चाँदी का वह फ्लास्क उसे देती हुई बोलीं, 'नहीं, आप अपनी चीज लीजिए। ब्रांडी है।'

तभी दरवाजे पर जोर से दस्तक पड़ी। रमेश धीरेन को आवाज दे रहा था। जाहिर था कि वह नशे में चूर था और वह टलने का नहीं। रानी साहिबा की आँखें लाल हो गईं और वे कमरे के पिछले दरवाजे से बाहर हो गईं।

रमेश अन्दर आया। उसने फ्लास्क और टम्बलर देखा। 'अच्छा!' उसने इतना ही कहा और धीरेन कुछ समझ नहीं पाया कि उसके स्वर में घृणा थी या क्रोध, निराशा थी या प्रतिहिंसा। रमेश उलटे पाँव बाहर चला गया।

धीरेन टेबल पर पैर फैलाकर सिगरेट पीने लगा। नम्बर दो ठीक उसके कमरे के नीचे था। रानी साहिबा के फ्लैट की अशान्ति छत को भेदकर धीरेन के कमरे में फैल रही थी। उसने एकाएक सुना, जैसे किसी की तीखी चीख थी। वह उठ खड़ा हुआ। रानी साहिबा? रमेश?

धीरेन ने ड्रेसिंग गाउन लपेटा और दौड़ता हुआ नम्बर दो के दरवाजे पर आकर खड़ा हो गया। दरवाजा अन्दर से बन्द था। वह पीछे की ओर गया। खिड़की के पर्दे से बिजली की रोशनी छनकर आ रही थी। अन्दर जैसे कोई कोड़ा चला रहा था। उसने पर्दा हटाकर देखा और वह कूदकर अन्दर हो लिया। रमेश रानी साहिबा को कोड़े लगा रहा था। रानी साहिबा पलंग पर बैठी हुई थीं। वह चीख नहीं रही थीं। कभी-कभी उल्लास में, आनन्द में बैठे-बैठे नाचकर चिल्ला उठती थीं।

रमेश की पेशानी पर पसीने की बूँदें झलक रही थीं। रमेश थकावट से चूर-चूर हो रहा था। धीरेन हतबुद्धि-सा खड़ा था। रमेश ने कोड़ा उसके हाथ में रख दिया और बगल के कमरे में भाग गया। दरवाजा बन्द करते वक्त उसने कहा, 'यही तुम्हें देने गया था। रानी साहिबा इसे नीचे ही भूल गई थीं।'

रानी साहिबा हँस रही थीं। धीरेन कोड़ा लिये हुए खड़ा था।

बन्दर का खेल

जैसे लट्टू जितना तेज नाचता है, उतना ही अधिक स्थिर मालूम पड़ता है—वैसा राजीव ने अनुभव किया। उसका चिन्ताकुल मस्तिष्क सहसा निश्चेष्ट हो गया। इधर दो-चार रोज के भीतर उसके मस्तिष्क में जाने कितने विचार उठे थे। यदि उन्हें अक्षरों में बाँधा जा सकता तो शायद व्यस्तता का एक विश्वकोश तैयार हो जाता। चिन्ता की एक के ऊपर दूसरी आनेवाली लहरों को रोकने के उसके सब प्रयास विफल सिद्ध हुए थे। और आज थककर जब उसने आत्मसमर्पण-सा कर दिया था तब जैसे चरम सीमा पर पहुँच जाने के कारण ही उसकी चिन्ताधारा सहसा रुक गई। उसका मस्तिष्क, उसे लगा, शून्य में झूल गया...। वह क्या सोच रहा था? क्या सोचे...? कि नीचे से डिम्-डिम् की आवाज से मानो उसे कोड़े लग गए।

क्या बला है यह आखिर—'बन्दर का खेल देख लो, बन्दर का खेल देख लो!'...वह कमरे से बाहर निकलकर नीचे देखने लगा।

अरे, उसने यह किया क्या? उसे अपने ऊपर विश्वास नहीं होता। उसने मदारी को अहाते के अन्दर चले आने के लिए इशारा कर दिया। उसे अपने

ऊपर हँसी आ रही थी, अपने ऊपर सन्देह हो रहा था। वह क्या सचमुच बन्दर का खेल देखना चाहता था?

पर जाने भी दिया जाए, चाहता हो या नहीं, जब बुला लिया तो देखने में हर्ज ही क्या है? उसने अभी-अभी शराब पी है। पाप है, लोग बुरा मानेंगे, इससे क्या वह कभी डरा है? और इस वक्त चूँकि वह खुद अपनी आँखों में ग्रामीणता का अपराधी लगता है, इसलिए, सिर्फ इसलिए क्या वह बन्दर का खेल नहीं देखे...?

अपने साथ यह सब तर्क करते हुए भी उसने यह समझा कि उसका मस्तिष्क बन्दर के खेल की शरण लेना चाहता है। मस्तिष्क को अकेले अपने ऊपर भरोसा नहीं है। अच्छे विचार हों या बुरे, रंगीन स्वप्न हो या काली निराशा—ये सब अलग-अलग रह जाते हैं। ये कुत्ते की पूँछ की तरह हैं। इनके पीछे मस्तिष्क कितना भी चक्कर काटे, ये पकड़ में नहीं आने की। निर्गुण चिन्ता में सगुण बन्दर का खेल कहीं आसान होगा ही!

और इसका प्रमाण उसने तुरन्त ही पाया। बन्दर के विषय में सोचने से ही उसने अपने होंठों पर कुछ हँसी-सा अनुभव किया। और उसके लिए हँसना आजकल साधारण बात नहीं रह गई है।

मदारी अहाते के अन्दर आ गया था और राजीव ऊपर से नीचे। मदारी ने झुककर सलाम किया। उसने दाएँ हाथ में पकड़े डमरू को ऊपर ले जाकर एक बार खूब जोर से डिम्-डिमाडिम् बजा दिया। और इस वाद्य-यंत्र की ध्वनि के बीच उसका आलाप सुन पड़ा : '...हाँ, ओ बन्दरिया, नाच तो, बाबू साहब भर पेट खिला देंगे...नाच, अरे नाच न...!' और साथ-ही-साथ नृत्य-प्रदर्शन में उत्साह की कमी पर गले में बँधी रस्सी के हाथवाले छोर से सटासट दो-चार बार...।

राजीव ने बहुत-सी वस्तुओं को शाश्वत, चिरन्तन आदि विशेषणों से विभूषित सुना है। उसे आज पहली बार किसी शाश्वत, चिरन्तन वस्तु को

सचमुच देखने का मौका मिला। क्या धुँधले बचपन में इस मदारी को नहीं देखा था? यही तो बन्दरिया थी और यही बुढ़ऊ। सभी ने अपने-अपने धुँधले बचपन में इन्हीं को देखा होगा। उसने कलकत्ते की गली में इन्हें ही देखा था, फिर गाँव में इन्हें ही देखा था और आज बीस वर्ष बाद फिर इन्हें ही! वही उम्र, वही फटा कोट, उसी तरह बढ़ी हुई दाढ़ी-मूँछ, कानों में पीतल का तार बड़ी-सी अँगूठी की तरह गोल बनाया हुआ, वही बन्दरिया—मिसेज बीवार की तरह, जो उसके पड़ोस में न जाने कब से रहती आई हैं! और उसने मन-ही-मन समाधान किया—यह उपमा तो बचपन में नहीं सूझी थी, तब तो बन्दरिया नानी-सी लगती थी। बन्दर वही—प्रमेह से चुसे मध्य श्रेणी के किरानी की तरह, जो पेंशन को टालता जा रहा हो। बचपन में पांडे की तरह दीख पड़नेवाला। उपमाओं में परिवर्तन हो गया हो—वे तो जैसे थे, आज भी वैसे ही हैं।

मदारी और उनके बन्दर देवताओं की तरह अमर होते हैं। एक हटा और उसकी जगह पर उसी की तरह दूसरा उठ खड़ा हुआ। 'वही आ गया, वही है,' इसी को तो कहेंगे।

ऐसे गम्भीर सत्यों का अनुभव करने पर भी राजीव का मनोरंजन न हो सका। वह शाश्वत और चिरन्तन की उत्सुकता से बन्दर का खेल देखने के लिए ऊपर से नीचे नहीं उतरा था। वह जी बहलाना चाहता था, इसलिए ग्राम्य समझते हुए भी बन्दर का खेल देखने पर उतारू हो गया था। पर उसे निराशा यह हुई कि यह तो गम्भीर चिन्तन का विषय निकला।

शाश्वत मौलिक नहीं रह जाता। उसने स्पष्ट देखा, इसीलिए शाश्वत मनोरंजक भी नहीं हो सकता...।

मदारी ने अपने झोले से एक फटी-पुरानी पोटली निकाली। उसमें से, बन्दरिया को नववधू के अभिनय के लिए तैयार कर, कुछ चीथड़े बाहर किये, 'यह ले, बनारसी साड़ी पहन ले, और घूँघट निकाल ले, ठीक तरह से—हाँ, ऐसे।'

पर बन्दरिया बूढ़े दूल्हे के साथ जाना नहीं चाहती, बूढ़ा मनुहार कर रहा है।

और मदारी अपने अमीर और शरीफ दर्शक के मनोरंजन के लिए आज अपनी सारी कला का प्रदर्शन कर रहा है। इन मूक अभिनेताओं के वार्तालाप को, दर्शक के लिए व्याख्या के साथ, वह ऊँची आवाज में कह रहा है। पेट पीठ से सट-सट जाता है। उसका सारा शरीर हिल रहा है। वह गलियों के लड़कों के सामने खेल नहीं दिखा रहा है। आज उसे बहुत दिनों के बाद कद्रदाँ पाने की किस्मत हासिल हुई है। आठ आने, एक रुपया तो फेंक ही देंगे, पर उन्हें हँसाकर नहीं लिया तो क्या लिया! वह बन्दरिया के लिए गिलट के गहने ले देगा, आज उसको गुड़ खिलाएगा। और, और अपने लिए 'पचास' की पूरी बोतल लेगा। उसके दद्दा कहा करते थे, अपनी जवानी में उन्होंने नवाबों और बड़े-बड़े अफसरों को खेल दिखाए थे। उन्हें जो वाहवाही, जो इनाम उनसे मिले थे, वे क्या कभी भूले जा सकते थे? पर उसे तो आज भले घर के लड़के भी शायद ही कभी अहाते के अन्दर बुलाते हों। उन्होंने अगर बुलाया भी तो साहब या मेम साहब घुड़क देती हैं। लड़के बेचारे पिंजड़े की चिड़िया की तरह अहाते के फाटक के अन्दर से ही, अगर सामने कहीं वह खेल दिखाने लगा तो, देखते हैं और दबी जबान से किलकारियाँ भरते हैं, कभी-कभी डाँट भी सुन लेते हैं, पर आज वह ऐसे 'दाता' को खुश कर देगा। उनके चेहरे पर गम का नामोनिशान नहीं होगा...! 'रोवो मत, बुढ़ऊ, रोवो मत...दाता की जै हो...कहो...गहने ला देंगे, रुपये बरसाएँगे...और जरा अपनी सूरत भी तो...यह ले आईना—देख ले।'

पर दाता हैं कि न जाने क्या सोच रहे हैं! मदारी ने थककर खेल बन्द कर दिया। अपने अभिनेताओं को उसने इशारा किया। वे राजीव के पैर की ओर बढ़े। मदारी ने दूर से ही सहमे स्वर में निवेदन किया, 'इनाम मिल जाए, हुजूर! कोई फटा-पुराना कुर्ता भी...!'

राजीव ने एक रुपया फेंक दिया और वह इस भाव से अन्दर की ओर चला कि मदारी को और कुछ कहने का साहस नहीं हुआ। वह खुश था। एक जगह दस मिनट खेल दिखाया और एक रुपया पूरा मिल गया। पर वह मन-ही-मन निराश भी था। वह इतनी कोशिश के बाद भी खेल देखनेवाले के मुँह पर एक हल्की मुस्कुराहट नहीं ले आ सका था।

यदि राजीव को मदारी के हृदय की निराशा का आभास भी मिलता तो उसे बड़ा दुख होता। वह खेल देखता जा रहा था, पर सोच यही रहा था कि सभ्यता का दावा रखनेवाले मनुष्यों ने पशुओं के प्रति निष्ठुर व्यवहार को रोकने के लिए संस्थाएँ खोली हैं, नियम बनाए हैं। उनकी दृष्टि में मदारी उन बन्दरों के प्रति अपराधी ही सिद्ध होगा। यह ठीक भी है। पर मनुष्य पशुओं के प्रति इतना आग्रह दिखलाए, इसके पहले क्या उसे मनुष्य की ही कुछ और अधिक चिन्ता नहीं करनी चाहिए?

आज स्वयं राजीव का हृदय निराशा से भरा हुआ है। वह सहानुभूति उलीच सकता है। गुणों का पारखी बन सके, आज उसमें ऐसा उत्साह नहीं है। आँखें अटक जाएँ, ऐसे रंग उसे अनायास दिखाई नहीं पड़ जाते। तबीयत फड़क उठे, ऐसी तान कानों में कहीं से आ नहीं पड़ती। आज साधारण भी गम्भीरता का विषय बन जा सकता है; पर गम्भीर भी मनोरंजक दीख पड़े, ऐसी निश्चिन्तता उसमें नहीं रह गई है। आज तो मनोरंजक भी उबानेवाला ही लगता है।

उसने तीन-चार रोज हुए, लीला से सिनेमा चलने के लिए कहा था। लीला ने शाम के वक्त फुर्सत न रहने के कारण क्षमा चाही थी। कल भी ऐसा ही हुआ था। पर कल यह भी पता चला था कि लीला दोनों बार ही रमेश के साथ सिनेमा देखने गई थी।

राजीव जैसे निश्चल व्यक्ति के लिए यह एक बड़ा भारी धक्का था। आज तक उसका रास्ता साफ रहा है। और उसके दोनों ओर हँसी-खुशी लहराती

रही है। वह विज्ञान का विद्यार्थी है, पर उसकी सहृदयता और परिहासप्रियता पर प्रयोगशाला के रसायन और तेजाब की कोई प्रतिक्रिया कभी नहीं दिखाई पड़ी है। पर लीला की यह उपेक्षा उसके लिए एक नया अनुभव है। वह नहीं समझ पाता, वह खुद बदल गया है या दुनिया ही बदल गई है? पर जैसे कहीं अनजाने कोई कड़ी टूट गई हो, कोई पुर्जा ढीला या सख्त पड़ गया हो! कोई विराट घटना नहीं घटी है। कोई महान परिवर्तन नहीं हो गया है। पर रासायनिक प्रयोगों में एक तुच्छ बूँद की प्रतिक्रिया क्या-से-क्या कर देती है, वैसा क्या-कुछ हो गया है। लेकिन जैसे भी हो, एक सप्ताह के भीतर ही लीला और राजीव का विवाह निश्चित हो गया और एक मास में सम्पन्न।

और एक दिन जब पास खड़े, अपने से और दुनिया से परम सन्तुष्ट, वे जँगले से बाहर देख रहे थे, तो लीला की दृष्टि अहाते से बाहर रास्ते पर जाते हुए मदारी पर पड़ी और वह अपने सारे भोलेपन से उछल पड़ी—वो! वह बन्दर का खेल देखेगी ही!

मदारी बुलाया गया। यह वही मदारी था। बिलकुल संयोग की बात है। उसे शायद याद भी हो कि एक दिन उसे यहाँ पूरा एक रुपया मिला था, पर आज राजीव को यह सब सोचने का कहाँ वक्त है? क्या जरूरत है? मदारी एक-से-एक होते हैं, एक ही हैं, हों या नहीं हों। लीला उसका खेल देखना चाहती है। वह बुला लिया गया है। राजीव लीला की ओर देखता है! वह शिशु-सुलभ विस्मय से और भी स्पृहणीय हो उठी है। वह कितनी खुश है! तो राजीव भी खुश है। ज्यादा ही खुश, क्योंकि लीला की खुशी भी तो जुड़ गई है।

मदारी ने खेल शुरू किया तो लीला होंठों और आँखों में मुस्कुराती है। हँसी रूमाल से मुँह बन्द कर रोकती है। पर राजीव है कि उछल-उछल पड़ता है। मदारी का उत्साह दुगुना हो जाता है। उस दिन उसने एड़ी-चोटी का पसीना एक कर दिया था। पर उस दिन उसकी किस्मत ही उसके खिलाफ रही होगी। उस दिन यह डमरू ही ठीक से नहीं बजता था क्या? अरे, वह करता

क्या—बन्दरिया को ही न जाने क्या हो गया था, जैसे उसमें जान ही नहीं रह गई थी! हाँ, आज अलबत्ता अपना जौहर दिखा रही है, 'नाच, जरा मन से नाच बे, लाडो! देख, मेम साहब कितनी खुश हैं! और साहब? आज उन्हें खेल पसन्द आया तेरा...अरे मान भी बताती चल! आज मुँहमाँगा इनाम मिलेगा।'

मदारी ने वही सब खेल दिखाए। डमरू जरूर बहुत जोर से बजाता था। आज चिल्लाया भी खूब गला फाड़कर। बन्दरिया और बुढ़ऊ भी थके, निरीह बच्चों की तरह या थके, दरिद्र बुड्ढों की तरह गिरते-उठते रहे। मदारी ने समझदार छात्र की तरह अपने मन में स्वीकार किया, उस दिन खेल में ही कोई कमी थी। आज वह ठीक से अपना काम कर सका।

उसके दर्शक खुश हुए थे, यह यों ही तो नहीं...।

मदारी को आशा से अधिक पुरस्कार मिला। जाते समय उसके मन में जाने क्या आया कि वह राजीव के पास सहमते-सहमते जाकर कहने लगा, 'अ...हुजूर, उस दिन खेल अच्छा नहीं हो सका...उस दिन...।'

पर राजीव को इन बातों के लिए इस वक्त कैसे फुरसत हो सकती है? सिनेमा का वक्त हो चला है। अभी चाय भी पीनी है।

'हाँ, हाँ, अब जाओ, फिर आना कभी,' कहता हुआ वह लीला के साथ लॉन में लगी कुर्सियों की तरफ बढ़ गया।

बाँध और धारा

बीमारी मामूली बुखार से शुरू हुई थी। विनय को किसी तरह का परहेज मंजूर नहीं था। नौकर कहता था तो हँसी में टाल देता। दोस्तों की सलाह सिर हिलाकर सुन लेता, सिर्फ इसलिए कि उनसे अब इस बात को लेकर कौन माथापच्ची करे? जितने लोग आते, उतनी किस्म की सलाह! वह 'हाँ, अच्छी बात है' कह देता। पाँच-छह रोज हो गए थे पर उसने डाक्टर तक को नहीं बुलाया था।

लेकिन कल अचानक बुखार बहुत तेज हो गया था। बड़ी बेचैनी थी।

उसे नौकर को इजाजत देनी ही पड़ी कि वह डाक्टर मुखर्जी को बुला लाए।

डाक्टर साहब को टायफायड का अन्देशा था। नौकर के सिवा किसी और को न देख उन्हें विनय को ही यह सब बताना पड़ा। उनकी सलाह थी कि सबसे अच्छी बात यह होगी कि वह अस्पताल चला जाता। इस बीमारी की दवा तीमारदारी है। वह नौकर से थोड़े ही हो सकती है। घर में दूसरा कोई समझदार आदमी भी तो नहीं।

विनय ने अस्पताल जाने से साफ इनकार कर दिया। वह पन्द्रह-बीस रुपये रोज खर्च कर स्पेशल वार्ड में रह सके, यह उसकी हैसियत से बाहर की बात थी। और जीते-जी नरक में, अस्पताल के जनरल वार्ड में, दाखिल होने के लिए वह बिलकुल तैयार नहीं था।

डाक्टर मुखर्जी सिर खुजलाकर चुप ही रहे। दवा दी, और सब बातें नौकर को ही समझाकर रुखसत हो गए। जाते वक्त तक कहते रहे कि कम-से-कम घर के किसी आदमी को तो बुला ही लेना चाहिए।

विनय इस मामले में भी क्या कर सकता था? कहीं कोई दूसरा घर भी तो हो जहाँ से वह किसी आदमी को बुला ले! मुलाकाती दोस्त बहुत थे। लेकिन अगर उन्हें मंजूर भी हो तो भी विनय उनसे इस बात के लिए कहना नापसन्द करता था। लेकिन उसे फिक्र करने की कोई वजह नहीं। बेचारा डाक्टर रामू को थोड़े ही जानता था। उसने तो यही समझा होगा कि शहर का नौकर ठहरा—बीमार मालिक को अगर छोड़कर भाग न भी गया, तो भी उसकी देखभाल क्या खाक करेगा! कौन करता है! डाक्टर को शायद किसी रोज खुद ही पता चल जाएगा कि विनय को तब तक क़िसी आदमी की जरूरत नहीं जब तक यह रामू है।

रामू के बारे में इन सब बातों का खयाल करने से विनय को बहुत राहत पहुँची। लू की तरह तपते बुखार में थोड़ी देर के लिए उसे ठंडक-सी मालूम पड़ी। फिर लगा, जैसे लाल बालू और पीली धूल चारों ओर उड़ रही हो!

शाम के वक्त सिर-दर्द बहुत बढ़ गया था। दो-एक दोस्त मिजाजपुर्सी के लिए आए थे। हाल पूछने पर विनय ने होंठों को मुस्कुराहट में ऐंठकर कहा, 'क्या बताऊँ, ऐसा मालूम पड़ता है, जैसे खोपड़ी के अन्दर कोई उस्ताद ध्रुपद अलाप रहे हों! अब तो कत्थक नृत्य भी शुरू हो गया है!'

और रात में तो बेचैनी बहुत ही बढ़ गई। बुखार तेज होता गया। सिर पर आइसबैग रखने पर भी विनय की तकलीफ दूर नहीं होती थी। रामू सिरहाने

तिपाई पर बैठा आइसबैग सँभाले हुए था। बर्फ जब पिघल जाती थी तो उसे बदलने के लिए उठता, फिर बैठकर उसे सिर पर फेरने लगता। रामू कुछ घबरा गया था। वह चाहता था कि एक बार डाक्टर से जाकर पूछ आए, शायद कोई दूसरी दवा दें। लेकिन अगर आइसबैग एक मिनट के लिए भी हटाया जाता था तो विनय की तकलीफ बढ़ जाती थी। उसने कई बार विनय से पूछा, क्या वह थोड़ी देर के लिए बगल से बहू जी को बुला ले? लेकिन विनय मना कर देता था। रामू को यह बात बिलकुल समझ में नहीं आती थी।

आखिर उसने खीजकर कहा कि उससे निरंजन बाबू ने कई बार कहा था कि अगर कोई जरूरत हो तो वह बहूजी को जरूर बुला ले जाएगा। बहूजी क्या इस घर के लिए कोई दूसरी थीं? माँ जी जब थीं, तो दिन-भर यहीं रहती थीं न। अब नहीं आती-जातीं, तो इसका मतलब यह थोड़े ही था कि जरूरत के वक्त भी नहीं आएँगी? निरंजन बाबू ने एक-दो बार नहीं, कई बार कहा था कि अगर वह दिन में, रात में ड्यूटी पर रहे तो बहूजी तो रहेंगी ही।

विनय ने इस पर रामू को काफी तीखेपन से कहा कि अगर उसे नींद आ रही हो तो वह जाकर सो जाए। उसने जान-बूझकर यह चोट की थी। रामू ने फिर कुछ नहीं कहा।

विनय रामू को कैसे समझाए? उसने खुद ही कभी नहीं समझा था, क्या बात हो गई थी कि एक दिन अकस्मात् ही उसकी भाभी ने अपने को उसके जीवन से यों अलग खींच लिया। माँ के साथ आखिरी दम तक उनकी मुहब्बत बनी रही। निरंजन उसके साथ पहले की तरह ही खुले दिल से मिलते हैं। उन्होंने भाभी को क्या-कुछ कहा होगा, उसे विश्वास नहीं होता। तो आखिर ऐसी क्या बात हो गई थी? क्या उसे कभी किसी ने यह सब बतलाया? अब तो कभी निरंजन भैया के यहाँ जाने पर मुलाकात हो गई तो नमस्ते-भर का नाता था। जब बिलकुल पास से कोई इतनी दूर अपने को हटा ले तब उससे पूछने की हिम्मत भी तो नहीं होती।

आज से पाँच साल पहले जब उसकी माँ का देहान्त हुआ था और वह बीमार पड़ गया था, तब आदमी के जाने पर भाभी ने दोटूक कहला भेजा था कि वह नहीं आ सकती और तब तो पाँच-सात रोज पहले तक उनकी इस घर से, माँ से, उससे इतनी अभिन्नता थी। अब तो शायद उन्हें खयाल भी नहीं आता हो कि विनय नाम का आदमी पड़ोस ही में रहता है जिसकी माँ से उनकी इतनी आत्मीयता थी...।

विनय का बुखार तेज होता जा रहा था। उसको अपने ऊपर काबू नहीं था। दिमाग में भाभी और माँ की याद ऐसी उलझ गई थी कि तकलीफ मालूम पड़ने पर भी वह उनके बारे में सोचना बन्द नहीं कर पा रहा था। बुखार जैसे-जैसे बढ़ रहा था, पुरानी बातों की याद, हकीकत-सी मालूम होने लगी थी...।

माँ आँगन में बैठकर सरौते से सुपारी काट रही हैं। वह कॉलेज से क्लास छोड़कर चला आया है। भाभी भी माँ के पास बैठी स्वेटर बुन रही हैं। वह उन्हें पुकारकर पान दे जाने को कहता है। वह मुस्कुराती हुई पान लिये आती हैं। वह भाभी से कहता है कि बैठिए, और वह नहीं बैठती हैं... लेकिन बैठने का सवाल ही कहाँ है? अरे, भाभी तो आजकल उसके यहाँ आतीं तक नहीं। लेकिन माँ भी नहीं हैं। अरे रामू, देख तो, माँ आई हैं!...तभी रामू की आवाज आती, जैसे बहुत दूर से—'क्या कहते हैं विनय बाबू?' और दिमाग की उलटी-सीधी, धुँधली तसवीरें, जो अतीत के टुकड़ों और वर्तमान की अभिलाषाओं से बनी हुई हैं और चक्कर खा रही हैं, फिर तितर-बितर हो जाती हैं। विनय अपने पर काबू रखने की कोशिश करता है...।

रात के बारह बज गए थे। सड़क पर इक्के, ताँगे, मोटर अब नहीं चल रहे थे। कमरे में घोर शान्ति थी। विनय को कुछ अजीब-सा लगता था। बाहर जब शोरगुल था, तब उसे अन्दर की उथल-पुथल इतनी असह्य नहीं लगती थी। सड़क की खड़खड़ाहट से सिरदर्द कभी-कभी भूल भी जाता था। लेकिन

अब तो सिर में दीवार की बड़ी घड़ी की तरह टन-टन की टकराहट होती थी और वह आँखें बन्द कर उन्हें सह रहा था...।

रात को पिछले पहर में बुखार धीरे-धीरे कम हो गया। विनय को थोड़ी नींद भी आई। सुबह, डाक्टर के यहाँ जाने के वक्त, जब रामू ने फिर पूछा कि क्या थोड़ी देर के लिए वह बहूजी को बुला ही नहीं लाए तो उसे फिर डाँट सुननी पड़ी।

विनय अपने को दंड देना चाहता है। ऐसा क्यों है कि अगर भाभी आ जाएँ तो उसे आराम पहुँचेगा? यह उसकी कमजोरी नहीं, अपने तईं निर्लज्जता है। जब वह पहले-पहल ससुराल आई थीं तो माँ की कितनी खुशामद करती थीं! माँ ऐसी मिल गई थीं कि आज महरी का इन्तजाम कर दीजिए, तो कल दर्जी बुला दीजिए। भला इस घर से अब उन्हें क्या मतलब? फिर यह रामू भी अजीब बेसमझ आदमी है कि सोचता है कि बहूजी आईं नहीं कि सब तकलीफ दूर हुई। उससे मीठी-मीठी बातें कर लेती हैं न! कभी अपना नौकर नहीं रहा तो यह रामू तो उनकी खिदमत में हाजिर रहता ही है! और वाह रे आपकी अकल, समझते हैं कि दुनिया भर की अच्छाई बहूजी में है! सो उसे कोई जरूरत नहीं बहूजी की। वह उन्हें तकलीफ नहीं देगा।

और फिर विनय तुरन्त ही पाता कि उसकी सारी खीज खत्म हो गई और अगर दुनिया में उसकी कोई भी ख्वाहिश है तो यही कि भाभी एक बार आ जातीं। फिर जैसे-जैसे सोचता कि वह आने को नहीं, वैसे-वैसे यह भी निश्चय करने लगता कि वह भी ऐसा नहीं कि उन्हें बुलाने जाएगा। वह उसकी कौन हैं? आखिर उनमें ऐसी कौन-सी खूबी है? विनय बिना समझे अपने से मान करता, अपने से ही उसका मान भंग भी हो जाता और वह फिर-फिर मान करता।

दस बजते-बजते उसके मन की अशान्ति बहुत बढ़ गई थी और शरीर का तापमान एक सौ तीन डिग्री के लगभग पहुँच गया था। रामू रात भर जगा

था। फिर भी उसे थकावट नहीं मालूम होती थी। पर भीतर-ही-भीतर वह घबरा उठा। और अब तो विनय बेहोश-सा हो गया था। कई बार बुलाने पर आँखें खोलने की कोशिश करता था और फिर आँखें बन्द कर लेता था। किसी सवाल का जवाब भी यों ही 'हूँ-हाँ' से दे देता था, या नहीं भी।

विनय की आँखें खुलीं। कोई दस-ग्यारह बजे थे। अरे, यह कैसा मालूम पड़ता है! वह तो अनगिनत घंटों तक सोता रहा था। और सामने घड़ी में अभी साढ़े दस ही बजे हैं! उसने रामू को काफी तेज आवाज में बुलाया। पर उसने अपनी जो आवाज सुनी, वह बहुत ही धीमी थी। उसने देखा, रामू के बदले भाभी दवा लेकर खड़ी थीं।

विनय की तबीयत अब अच्छी हो चली थी। भाभी घंटों बैठी रहती थीं। वह बहुत कम बोलती थीं। विनय भी चुप रहता था। उसे ऐसा लगता था कि वह महीनों तक यों ही पड़ा रह सकता था। पड़ा रह सके तो उसे और कुछ नहीं चाहिए। लेकिन अगर भाभी चाहती हों कि उन्हें वह धन्यवाद दे, अपना अहसान जताए, तो यह उनकी भूल थी। वह अपनी खुशी से आई थीं। कोई उन्हें बुलाने नहीं गया था। अगर चाहें तो वह जा सकती थीं।

उस दिन विनय को स्वस्थ देखकर उसकी भाभी ने खुद ही बातचीत शुरू की। वह जानती थीं कि विनय उनसे नाराज था। लेकिन विनय ने क्या कभी यह भी खयाल किया था कि वह बीमार हो और उसकी भाभी अपनी खुशी से उससे दूर बनी रहेंगी? आज शायद उसे बताने में कोई हर्ज नहीं था, नहीं तो यह बात जैसे पाँच वर्ष, वैसे आगे भी उनके हृदय में ही घुटती रहती। यह वही जानती थीं कि विनय को सब बताकर उनका बोझ कितना हल्का हो जाएगा...।

जब वह नई-नई अपनी ससुराल आई थीं तो उनके सास तो थी नहीं। यह विनय की माँ ही तो थीं, जिन्होंने उन्हें गाड़ी से उतारा था। क्या विनय को याद था, वह कैसे माँ जी के पास ही दिनभर बैठी रहती थीं? दोनों परिवारों में कितना अपनापन था? अगर विनय को उन दिनों की बात याद रहती तो

यह नामुमकिन था कि वह एक मिनट के लिए भी यह सोचता कि उसकी भाभी जान-बूझकर उससे दूर रहना चाह सकती थीं। उसने क्यों ऐसा समझा था कभी भी...?

और एक दिन माँ उन्हीं के यहाँ दोपहर में चली गई थीं। और उन्हें मुहब्बत से अपने पास बिठाकर बोली थीं कि अगर वह कुछ कहें तो वह बुरा तो नहीं मानेंगी? जब उसने उन्होंने पैरों पर अपना सिर रख दिया था तब माँ ने कहा था, 'बहू, तू साक्षात् लक्ष्मी है, लेकिन तुझे संसार के बारे में अभी कुछ मालूम नहीं। आज तुझसे कहना पड़ेगा। तुझे देखकर विनय की आँखों में मैंने वह झलक देखी है, जो मुनासिब नहीं है। दुनिया में किसी का एतबार नहीं करना चाहिए।'

तभी, विनय को भाभी ने बताया तो उसने यह समझा था कि वह उसके भैया की देह के भीतर के दिल को तब तक पहचान नहीं पाई थीं। माँ देवी थीं। जब उन्होंने बेटे की आँखों का पाप समझा था तो उन्हें उसमें भी उसकी छाया दिखाई पड़ी होगी ही। पर भला वह अपनी बहू को कैसे कुछ कहतीं? वह उन्हें अपनी बहू की तरह ही तो मानती थीं। सो, सिर्फ इशारे से आगाह कर दिया था और उनकी मंशा पूरी हो गई थी। वह उस दिन से चेत गई थीं। उन्होंने अपनी कमजोरी महसूस की थी। वह किस ओर फिसलती चली जा रही थीं, यह उन्हें मालूम हो गया था। उन्होंने बताया नहीं होता तो कौन जानता था, शायद ठोकर खाकर मुँह के बल गिरने के बाद ही उन्हें होश होता!

लेकिन सब-कुछ जान जाने के बाद भी उन्हें अपने ऊपर भरोसा नहीं था। वह आग से खेलने की हिम्मत नहीं रखती थीं। उन्होंने अच्छा यही समझा था कि जिस रास्ते पर फिसलने का डर था, उस पर वह कदम ही नहीं रखें। सो वह क्या उससे अलग-अलग रहकर खुश रहा करती थीं? दूसरा कोई उपाय ही नहीं था, इसलिए उन्हें ऐसा करना पड़ा था। लेकिन आज उन्हें विनय के पास आने से अपने अन्दर डर नहीं मालूम होता था। विनय

के भैया को जानना मुश्किल था, फिर भी अब उन्होंने यह देख लिया था, समझ लिया था कि उनसे बड़ा आदमी शायद ही कभी किसी को इस तरह अनायास मिलता हो। वे कितने ऊँचे खयाल के आदमी थे, यह उन्होंने अब जाना था। विनय तो उनके सामने धूल था। वह उनके लायक नहीं, वह उन्हें सुखी नहीं कर सकीं...।

यह कहते-कहते विनय की भाभी उसकी छाती पर सिर रखकर बे-अख्तियार हिचकियाँ लेने लगीं। विनय ने उन्हें बाँहों में कसकर मुँह के पास कर लिया।

एक चाबुक पीछे

लड़कपन में इतने सारे अंगूर खाने को मिलते थे कि मैं चुराकर बेर खाया करता था। बे-मौसम के अंगूर, लकड़ी के सफेद डिब्बों में रुई में लिपटे, मुझे तो बिलकुल नहीं भाते थे। लेकिन उनसे छुटकारा कहाँ था! पिताजी पुराने खयाल के आदमी थे, पर फल स्वास्थ्य के लिए अच्छे होते हैं, यह नये जमाने की खब्त उन पर भी सवार हो गई थी।

पर बात यहीं तक नहीं थी। मैं खुद इन अंगूरों की तरह पाला-पोसा जाता था। अमीर बाप का इकलौता बेटा था। डिब्बे में रुई से लपेटकर रखा जाता था, यह कहूँ तो झूठ नहीं होगा। मैं सोने के पिंजरे में तड़फड़ाने वाला पंछी था, शीशे के ढक्कन में फूलनेवाला फूल था। तब यह कितना बुरा लगता था!

तब की बात कहता हूँ। आज छाती पर हाथ रखकर शायद ही यह कह सकूँ कि अगर फिर मिल सके तो भी उस पिंजड़े में लौटकर चला नहीं जाऊँगा। कभी-कभी इस तरह तीस रुपये माहवार कीमतवाली जिन्दगी से ऊबकर, जेब में किराये के रुपये लेकर, कहीं दूर के लिए चल पड़ता हूँ। घर से दूर, रास्ते में, किसी छोटे स्टेशन के प्लेटफार्म पर लेटे-लेटे मन

बचपन के बन्धुओं के लिए अधीर हो उठता है। और कुछ नहीं तो घर के नाम पर उन तीन छोटे-छोटे कमरों को ही वापस लौट चलने के लिए तबीयत उतावली हो जाती है। केवल इसीलिए तो कि कभी नौकरों के रहने के लिए बने इन कमरों के पास ही वह बचपन गुजरा था! नहीं तो वहाँ मेरे लिए धरा ही क्या है? कई एक पावनेदारों को छोड़कर ऐसा कौन रह गया है, जो मेरे लौटने पर जरा-सा भी तो खुश नजर आता? लेकिन सोचने पर मैं यह समझ पाया हूँ कि लौटने से दूसरा खुश हो या नहीं, आदमी खुद ही खुश होता है। सो, मैं भी लौटकर बहुत खुश होता हूँ। पर तब मैं यह सब थोड़े ही समझ सकता था!

उस वक्त अपने बन्धनों से कितना चिढ़ता था, यह याद कर कितनी हँसी आती है! मैंने ट्राइसिकल पर चढ़कर खेलना तो जरूर छोड़ दिया था, पर इसके आगे नहीं बढ़ सका था। मेरे हमउम्र लड़के सीट पर चढ़कर तो साइकिल नहीं चला सकते थे, लेकिन बीच से चप्पे पर पैर रखकर मीलों सैर कर आते थे। एक दिन मैंने भी कोशिश की। नौकर की साइकिल पड़ी हुई थी। अगर दूसरे लड़के चला सकते हैं तो मैं क्यों नहीं? उस वक्त कोई देख भी नहीं रहा था। मैं साइकिल दौड़ाकर दूसरे पैर को ऊपर के चप्पे पर रखने की कोशिश में धड़ाम से गिर पड़ा। मुझे सचमुच काफी चोट आई थी। फिर चोट सहने का आदी भी नहीं था। पर अगर मुँह से उफ भी निकला हो, तो डर था, कहीं पिताजी को खबर हो गई तो आइन्दे साइकिल छूने को भी नहीं मिलेगी। और हुआ भी यही। कल्लू आवाज सुनकर बाहर आया और आसमान सिर पर उठा लिया। पिताजी भी नंगे पाँव दौड़े हुए आए। दो-दो आँगनों के अन्दर से माँ भी। और उस दिन से मेरे यहाँ नौकर को साइकिल देने की जो प्रथा चली थी, उसका अन्त हो गया।

पड़ोस के लड़के हॉकी, क्रिकेट और फुटबॉल खेलते थे। जो खुशहाल थे, उनके पास कई रंगोंवाली खिलाड़ियों की जर्सियाँ भी थीं और छोटे-छोटे,

अच्छी किस्म के, हॉकी और क्रिकेट के डंडे भी। और कुछ के पास तो नी-कैप और एंकलेट भी रहती थी। लेकिन गरीब लड़के अपनी कमीज पर ही और बड़े भाइयों के पुराने, अपने कद के, बड़े डंडे लेकर ही रौब-गालिब रखते थे। उनके डंडे भले टूटे-फूटे हों, उनके पैर तो तेज और मजबूत थे, हाथ तो सधे हुए थे!

पर मेरी हालत तो दोनों से न्यारी थी। यहाँ तो रबर की गेंद से खेलने की उम्र गई तो टेनिस की, रबर की ही, सख्त गेंद मँगा दी गई और चॉकलेट या टॉफी के लोभ से जब दूसरे लड़के आए तो उनके साथ खेल लिया, या नौकरों के छोटे लड़कों के साथ। मैं उस वक्त भी यह महसूस करता था कि सचमुच के फुटबॉल के खिलाड़ी लड़के मेरे साथ बे-मन से ही खेलते थे। और नौकरों के लड़कों के साथ खेलने में खुद मेरा ही मन नहीं लगता था।

हद से ज्यादा लाड़-प्यार बर्दाश्त के बाहर हो जाता है। मैं खोमचेवाले से खरीदकर आलू-मटर, दही-बड़े खाने के लिए मचलकर रह जाता था। माँ इन चीजों को घर में ही बना देती थीं। खोमचेवाले की चीजों के कल्पित स्वाद के सामने मुझे ये फीकी ही जँचतीं...!

लेकिन कहाँ तक गिनाऊँ? मैं असलियत से दूर रखा गया, तो कल्पना को पर लगे। खेल के मैदान में जाने की मनाही थी, पर दिमाग दूर-दूर तक दौड़ लगाता था। जगते हुए जो दुर्लभ रहता था, वह सपने में सहज-सुलभ हो जाता था।

आज उन दिनों से कहीं ज्यादा तकलीफ पाकर भी किसी चीज के लिए उतनी उत्कटता के साथ चाह नहीं पैदा होती। होती तो, जैसा मनोविज्ञान कहता है, दिमाग को दुरुस्त रखना असम्भव हो जाता; क्योंकि उसे छिपा रखना जरूरी होता और वैसी चाह क्या छिपाकर आदमी रख सकता है?

मैं अमीर होना चाहता हूँ और अपने ऊपर हँस लेना मेरे लिए काफी होता है। मैं हड्डी को बेधनेवाले जाड़े में, राजधानी के राजमार्ग पर, आलीशान

कोठियों के पुलों के नीचे ठिठुरते हुए भिखमंगों को देखता हूँ, फिर आठ साल पहले के सत्तर रुपये के और अब तार-तार कोट को देख लेता हूँ। मैं मुस्कुराती हुई सोसायटी-गर्ल्स को मोटर-ताँगे पर जाते हुए देखता हूँ, लेकिन कल्पना लँगड़ी हो गई है। मैं उसका शुक्रगुजार हूँ। वह दौड़ने के लिए बहुत उत्सुक नहीं रहती, न मैं ही लगाम ढीलता हूँ।

पर बचपन में, आप जो कहिए, या तो इतना संयम नहीं था, या आग की इतनी कमी नहीं थी।

पड़ोस के एक लड़के ने एक प्रयोग शुरू किया था। इसमें मौलिकता यही थी कि जो काम साधारणत: नौकरों के लड़के किया करते थे, वही इस तीन सौ माहवार पानेवाले पिता के लड़के ने करना शुरू किया। शाम को मौका मिलने पर मैं उससे उसके नये-नये अनुभव बहुत दिलचस्पी के साथ सुना करता था! कैसे कल टिफिन के बाद किराये की फिटन-गाड़ी के पीछे चढ़कर चौक तक घूम आया था, और आज दिन में बन्द गाड़ी के पीछे उचककर सवार होकर सेक्रेटेरियट और हाईकोर्ट की सैर करता रहा।

मेरा यह दोस्त जैसा खुराफाती था, वैसा ही बातूनी भी। लड़कपन में अपनी खुराफातों की वजह से घर और स्कूल में रोज ही उसकी पीठ और बेंत की मुलाकात होती थी। आज वह अपनी बातों के बल पर ही हजारों रुपये का वारा-न्यारा कर देता है। किराये की बन्द गाड़ी और फिटन पर बिना किराया दिये ही अपने भ्रमण की वह ऐसी तसवीर खींचता था कि मेरा मन ललच उठता था। उसके पिता से किसी ने उसकी इस हवाखोरी के तरीके को देखकर शिकायत कर दी। उस दिन बेचारा बड़ी बेरहमी से पीटा गया था। लेकिन दूसरे दिन जब कैन्टूनमेंट तक घूमकर लौटा तो कल की घटना वह बड़ी आसानी से भूल जा सका था।

'अरे रामू, बड़ा मजा आया यार, सच कहता हूँ,' उसने सुनाया था, 'बस, आराम से पैर लटकाए बैठा रहा। जेब से मूँगफली निकाल-निकालकर

खाता जाता था और शान से देखता जाता था। गाड़ी के अन्दर बैठकर कोई क्या देखता! अन्दर से देखो तो—या तो बाएँ देखो या दाएँ। अरे, वह भी कोई देखना है! यहाँ तो गाड़ी पच्छिम चली जा रही है और हम पूरब मुँह किये बैठे हैं। नीचे काली सड़क छूटी जा रही है, छूटी जा रही है। ऐसा मालूम पड़ता है...अरे यार, एक और टॉफी निकाल न, सब अपने-अपने ही उड़ा जाएगा क्या?...सड़क की तरफ नीचे देखो तो ऐसा मालूम होता है, जैसे वह गाड़ी के अन्दर से निकलती आ रही हो! और इधर-उधर अंग्रेजी दुकानें, ऊपर चिमनी का धुआँ। उधर तू गया है कभी, कैसी सीधी सड़क है! लेकिन पीछे बैठे बिना यह दिखाई भी तो नहीं देगा। एकदम दूर सामने तक देखता चला जा तो मालूम होता है कि सड़क आसमान में जा के घुस गई है।...देख, रमुआ पुकार रहा है, पूछे तो कह देना यार, मैं शाम ही से तेरे पास खेल रहा था...'

और एक दिन मैं भी दोपहर को, सबकी आँखें बचाकर, घर से बाहर निकल आया। सोच लिया था, आज जी भरकर सैर करने के बाद ही लौटूँगा।

दोपहर के वक्त रास्ते पर कम ही लोग आ-जा रहे थे। फिर भी मारे शर्म के मैं सड़क पर दौड़ नहीं पाता था और गाड़ियाँ बगल से निकल जाती थीं। मैंने सोचा, एक बार बैठ जाऊँ, फिर क्या परवाह। यही एक दिक्कत है! मैं आगे बढ़ता गया। एक जगह काफी दूर तक आगे या पीछे कोई चलता नहीं दीख पड़ा। एक गाड़ी को देखकर दौड़ा। गाड़ी तेजी से जा रही थी। मैंने दौड़कर पावदान पकड़ तो लिया, पर दूसरे ही क्षण झटके के साथ वह मेरे हाथ से छूट गया और मैं औंधे मुँह गिरते-गिरते बचा। कैलाश ने यह तो कभी कहा नहीं था कि चढ़ने में इतनी दिक्कत होती है। अगर गाड़ी धीरे भी चलती रहती तो कूदकर उस पर कैसे चढ़ता आखिर? यह सोचकर हैरान था। मेरी आँखों में आँसू आ रहे थे। कैलाश ने जान-बूझकर धोखा दिया है। क्या ऐसे ही वापस लौट जाना पड़ेगा?...कि तब तक कुछ दूर पर एक गाड़ी

खड़ी दिखाई पड़ी। मैं जरूर ही मुस्कुरा पड़ा था। मैं आहिस्ते से जाकर गाड़ी के पीछे पावदान पर बैठ गया। लो, कितनी आसान बात है! कैलाश भी तो ऐसे ही बैठ पाता होगा। इसमें बतलाने की क्या बात थी?

मैं सोच रहा था, अगर किसी तरह कैलाश देख पाता, तो समझता कि हाँ!...कैलाश हम लोगों के बीच सबसे ज्यादा शरारती था। इसलिए वही हम लोगों का आदर्श भी था। वह जो करता, उसे कर सकने पर दूसरे लड़कों को बेहद खुशी होती थी। कभी-कभी खुद कैलाश तारीफ कर देता था तो उस लड़के को डिग्री ही मिल जाती थी। मैं यह महसूस करता था कि कैलाश मुझे किसी काम के लायक नहीं समझता था। उस वक्त मैं चाहता कि कैलाश खुद अपनी आँखों से एक बार देखता कि मैं वह कर सकता हूँ, जिसे उसके सिवा अभी तक किसी दूसरे लड़के ने करने की हिम्मत नहीं दिखलाई थी!

लेकिन दुनिया का कायदा है कि छिपाओ, तो वह देखेगी; दिखाना चाहो तो वह खुद छिपती फिरेगी! सो, कैलाश तो क्यों आने लगा, गाड़ी अलबत्ता चल दी। मैं गिरते-गिरते बचा। पहले तो कैलाश की तरह दोनों हाथ जेब में डालकर आराम से बैठा था, पर अब दोनों तरफ के लोहों को ठीक से पकड़ लिया।

नीचे नजर गई तो पैरों के नीचे से खिसकती हुई सड़क को दो मिनट तक देखने के बाद ही सिर में चक्कर आने लगा। सामने देखने पर भी ऐसा मालूम होता कि अब गिरा, तब गिरा। लगता था, गाड़ी चली जा रही हो, पावदान, जिस पर बैठा था, रुक गया हो। दोनों हाथों से और भी मजबूती से पावदान के लोहों को पकड़ लिया था, सिर्फ अगल-बगल, डरते-डरते, आँखें उठाकर देख लेता था। दिमाग में एक ही खयाल था—हाथ से लोहे छूटने न पाएँ। एक-दो बार कूद पड़ने को भी सोचा, पर हिम्मत न हुई। गाड़ी तेजी से जा रही थी। मैं यह जानता था कि गाड़ी पर मैं चोरी से सवार हूँ। गाड़ीवान को पुकारने की भी हिम्मत नहीं थी।

मैं चला जा रहा था। चिड़िया का बच्चा घोंसले से तो निकल आया था पर बाहर आया तो आँधी में पड़ गया। मेरा हौसला टूट गया। अगर गाड़ी उस वक्त भी रुक जाती, तो मैं जान लेकर घर को भागता। पर गाड़ी नहीं रुकी और धीरे-धीरे मेरा डर भी कुछ कम होने लगा। उतना मजा तो नहीं आया जितना कैलाश कहता था, लेकिन अब बुरा भी नहीं लग रहा था।

मैं कहाँ आ गया...? इतनी सारी दुकानें और सबमें पीतल के बर्तन—इन्हें कौन खरीदता होगा भला? इन्हीं का दिवाला निकलता है! उस दुकान में वह कितना बड़ा घड़ा है! माँ के पास जो घड़ा है, उससे दुगुना होगा। ये हथौड़ा चलाए जा रहे हैं, फिर भी बर्तन फूटते क्यों नहीं? मैंने उस दिन एक हथौड़ा लगा दिया तो लोटा फूट गया और डाँट सुननी पड़ी थी...।

कि बाईं ओर की सँकरी गली से निकलकर मैले-कुचैले लड़कों का एक झुंड ताली बजाता हुआ गाड़ी के पीछे दौड़ा। मुझे समझने में देर नहीं लगी कि उनका शिकार मैं ही था। पर बजाएँ वे तालियाँ! मैं अकड़कर बैठ गया। देखकर जलते हैं। अपनी तो हिम्मत नहीं होती होगी। अपने चढ़े तो मालूम हो। समझते होंगे, हँसी-ठट्ठा है। मैं अपने को उनसे कहीं अधिक बहादुर पा रहा था। पर उनकी बातों से खीज भी रहा था। उन पर क्रोध भी आ रहा था। उनमें से कुछ चिल्ला रहे थे, 'भागा हुआ है' तो कुछ, 'काला साहब है'। नहीं हुआ घर पास, नहीं तो एक-एक को पकड़कर पिटवाता। कुछ दूसरे लड़के आगे दौड़कर ऊपर गाड़ीवान की ओर न जाने क्या चिल्ला रहे थे!

मैं उन पर मन-ही-मन उबल तो रहा था कि आवाज हुई और मुझे ऐसा मालूम हुआ, जैसे उधर का गाल और हाथ गर्म लोहे से दाग दिये गए हों। लड़कों ने विजय की हुंकार की। सब मिलकर चिल्ला उठे और मैंने इस बार साफ सुना, 'एक चाबुक पीछे'। फिर सप से आवाज हुई। मुझे इस बार चोट नहीं लगी। मैं ऊपर देखने लगा। गाड़ीवान ने पीछे की ओर घूमकर चाबुक चलाया। मैं ऊपर की ओर देख रहा था, आँखें बच गईं, खैरियत हुई। मैं चोट

से तिलमिला उठा। लड़के पीछे छूट गए। मेरी आँखों से क्रोध और पीड़ा के बड़े-बड़े आँसू गिरने लगे। हिम्मत करके कूद जाने की सोच ही रहा था कि गाड़ी की रफ्तार और तेज हो गई।

हाथ पर नजर गई तो देखा, एक लाल लकीर उभर आई थी। मालूम होता था, जैसे उस पर चिंगारियाँ रखी हुई हों! मैं उन लड़कों में था, जिन्हें दो-चार तमाचे भी काफी से ज्यादा होते हैं। चाबुक की वह मार मैं आज भी नहीं भूल पाता।

मेरे हाथ शून्य-से हो चले। खैरियत थी कि अब मैं उनका सहारा लिये बिना भी बैठा रह सकता था, नहीं तो नीचे लुढ़क गया होता। फिर जब चारों ओर देखना शुरू किया तो दिल बैठ गया। अरे, यह मैं आ कहाँ गया? कूद भी पड़ूँ तो घर कैसे जाऊँगा? इधर तो कभी मैं आया नहीं। कितनी दूर आ गया हूँ! माँ घबरा रही होगी। बाबूजी क्या कहेंगे? पैदल चलते-चलते तो रात हो जाएगी। रास्ता कैसे मालूम होगा? लोग तो सो जाएँगे, किससे पूछूँगा? चोर पकड़ लेंगे तो क्या होगा?

मैं यह सोचते-सोचते बेहाल हो रहा था। मैं शायद ही उस वक्त पूरी तरह होश में था। उन दिनों रास्ते पर किसी छोटे बच्चे को अकेले रोते जाते देखा करता तो मुझे यह सोचकर रुलाई आ जाती थी कि वह अपने माँ-बाप से बिछुड़ गया होगा और अब इतने बड़े शहर में वह उन्हें कैसे फिर पा सकेगा? इस वक्त मैं अपने को ही उस हालत में पा रहा था।

और, गाड़ी आगे ही चली जा रही थी। मैं एक बार जी कड़ा कर अपनी सारी शक्ति के साथ चिल्लाया भी, 'गाड़ी रोको', पर मेरे सूखे कंठ से जो धीमी आवाज निकली, वह शायद मुझे ही सुनाई पड़ी होगी...!

उफ, क्या गाड़ी कभी नहीं खड़ी होगी? कैसी प्यास लगी है! यह नींद क्यों आ रही है? तब तो सड़क पर गिर जाऊँगा! और इधर से कोई तेज मोटर आ गई तो...?

मेरी चेतना लुप्त होती जा रही थी कि फिर एक गली से शोर मचाते हुए कुछ लड़के दौड़ते हुए निकले और गाड़ी के पीछे हो लिये। मैं सजग हो गया। मैं अपनी उम्र के लड़कों के सामने हार मानने के लिए तैयार नहीं था। लड़के 'एक चाबुक पीछे' चिल्लाते हुए दौड़े। मुझ पर चाबुक कई बार बरसा। मैंने मुँदती हुई आँखों से देखा, लड़के एक कटी हुई पतंग को 'लूटने' के लिए दूसरी ओर मुड़े...और इसके बाद मैंने कुछ नहीं देखा...।

न जाने कैसी-कैसी भयावनी शक्लें, जानवर, जंगल और बहुत-सी धुँधली चीजें देखते-देखते जब आँखें खुलीं तो पाया कि माँ और बाबूजी घबराए हुए एक ओर खड़े थे और दूसरी ओर गले में स्टेथेस्कोप लटकाए हुए डाक्टर सान्याल। मैंने मुस्कुरा दिया। और मुझे नींद आ गई।

कल्लू कहता था कि मैं तीन दिनों तक बेहोश रहा था।

पीढ़ियाँ

हवा के एक झोंके से सामने की खिड़की फट से खुल गई। रमेश ने देखा, बालों को सुखाने के लिए सिर में टर्किस टॉवेल लपेटे एक लड़की ताबड़तोड़ पाउडर मल रही थी। रमेश को देखते ही उसने खिड़की बन्द कर ली। रमेश भी अपने बाथरूम में नहाने के लिए ही आया था। बाल्टी नल के नीचे भरने के लिए छोड़कर निरर्थक खिड़की से बाहर देख रहा था कि यह झलक मिल गई। उसे गुदगुदी-सी हो रही थी; कुछ डर भी लग रहा था। दो ही चार दिन हुए, चाचा के यहाँ, कलकत्ता आया हुआ है।

चाचा तो करीब आठ ही बजे अपने ऑफिस, क्लाइव स्ट्रीट, रोज की तरह चले गए थे। जाते वक्त उसे किसी तरह जगाते गए थे। परसों वह दस बजे तक सोता रहा था। मैट्रिकुलेशन का इम्तहान देकर वह आया है। वह खूब सोएगा। घर पर बाबूजी परेशान कर देते थे। उसने निश्चय कर लिया है, वह यहीं चाचा के साथ रहकर कॉलेज में पढ़ेगा। संगी-साथी अभी नहीं हैं, लेकिन बनते लगती है कितनी देर!

रोज तो बन्द बाथरूम में एक बाल्टी से ज्यादा वह पानी नहीं बर्बाद करता। काफी सर्दी यहाँ भी है। आने पर यहाँ पहले दिन तो रेल की थकावट मिटाने के लिए साबुन से खूब नहाया था। फिर दो दिन नागा। लेकिन चाचा ही क्या बाबूजी से कम हैं! जाड़े में रोज नहाना खब्त के सिवा और क्या है? उसे रस्म अदा करनी ही पड़ती है! पर आज फिर खूब नहाया। खिड़की के पास कई बार गया—एक बार तौलिया ले आने के लिए, एक बार यह देखने कि धोती के नीचे बनियान है तो...लेकिन सामने फ्लैट की झप से बन्द की गई खिड़की फिर नहीं खुली...।

उसके चाचा आजकल उससे खुश हैं। लड़कों में स्वावलम्बन देखकर बुजुर्गों को खुशी होती ही है। कल शाम को रमेश बहुत देर तक बाथरूम में था। पूछने पर जब यह मालूम हुआ कि वह यों ही दो-एक रूमाल में साबुन लगा रहा था, तो चाचा गद्गद हो उठे थे। धोबी के यहाँ से साफ कपड़ों के आने की बाट जोहने के बदले आजकल अक्सर रमेश बाथरूम में साबुन से कपड़े साफ कर लेता है; यहाँ तक कि चाचा को कहना पड़ा था कि अच्छी बात की भी हद होती है। ठंड लग जाए तो क्या होगा?

कितना अच्छा लड़का है रमेश! इतना आज्ञाकारी कि उस दिन के बाद से वह फिर एकदम कभी कपड़ा साफ करने का नाम तक नहीं लेता। चाचा ने कोमल होकर पूछा था, वह बुरा तो नहीं मान गया? वह उसके भले के लिए ही तो कहते हैं।

हाँ, वह सामनेवाली खिड़की बस एक दिन खुली थी जरूर। वह अक्सर कपड़ा साफ करते वक्त बाहर उधर देखता था। साबुन से कपड़ों को तर कर उसे तुरन्त तो निचोड़ नहीं दिया जा सकता है। कोई शिकायत क्या करेगा? वह कोई चोर-उचक्का तो नहीं। दोनों मकानों के बीच 'सर्विस-लेन' है। वह उधर देखेगा। जी हाँ, देखेगा। उस दिन किस बूते पर वह चोंगावाली बुढ़िया उसकी ओर यों घूरने लगी थी, जैसे कच्चा चबा जाएगी? बूढ़ी तो वह क्या

थी, उस दिन की छोकड़ी की माँ होगी! जाने दो, उससे क्या मतलब? उसकी खिड़की है : बन्द रखे या खोले, अपनी बला से!

लेकिन वह मानता है कि वह गधा है। वह जन्म-भर कपड़े ही साफ करता रह जाएगा। वह झलक एक बार फिर मिल सकती उस तरीके से तो इतने लोग घास नहीं छीला करते!

उसे बाथरूम से निराशा हो गई थी। वह चाचा के साथ इधर कई बार बाहर दूर-दूर तक घूम-फिर भी आया था, सो भटक खुल गई थी। दो-एक रास्तों की भी जानकारी हो गई थी। आखिर ऐसे ही तो उसके चाचा ने भी धीरे-धीरे कलकत्ता के कोने-कोने का ज्ञान उपार्जित किया होगा! वह उस दिन मटरगश्ती के बाद लौटा तो अपने घर के उस बगलवाले घर के सदर दरवाजे पर, सीढ़ियों के इधर ही ठिठक गया। गर्ल्स-स्कूल की बस से वही लड़की उतरी और फुटपाथ के बीच में दोनों की आँखें चार हुईं। वह भी ठिठकी, एकदम लाल हो गई, फिर दौड़कर भीतर चली गई। वह झेंपा हुआ अपने मकान के अपने फ्लैट में आकर क्या-क्या सोचता थका हुआ खाट पर लेट गया। फिर एक बड़ा-सा रेशमी रूमाल जतन से रखने के लिए उठ बैठा। तब आँखें लगने दीं। अब झलक से ज्यादा कुछ आज मिल गया था न उसे!

लेकिन फिर विरक्ति-सी भी होने लगी थी। दूसरों की चीज वह अपने पास रहने नहीं दे सकता। चाहे जो हो, उस बेशऊर लड़की को रूमाल किसी तरह लौटा तो देना ही पड़ेगा, सोचता-सोचता शाम के वक्त रमेश सो गया। चाचा ने इस पर एक लेक्चर दिया था : शाम को भले आदमी सोते हैं...?

वह दूसरे की प्यारी-प्यारी रंगीन रेशमी चीज रमेश के पास जतन से धरी ही रही। वह अपने से निरा असन्तुष्ट है। वह छोटे-से असभ्य शहर का रहनेवाला है, इसी से तो! यहाँ का कोई कॉलेज का फैशनेबल लड़का रहता तो क्या उसकी तरह यों हाथ-पर-हाथ धरे बैठा रहता? वह अपने को जरूरत

से कम योग्य समझता है। क्या जानता वह नहीं कि रूमाल लौटाना है ही? फिर पसोपेश का क्या काम?

नहाने के कमरे में अब भी वह दिन में एक बार से अधिक हो आता है।

वहाँ तो नहीं, पर रोज सुबह-शाम, स्कूल की बस पर जाते-लौटते, उसकी झलक उसे मिल जाती है। पर इससे उसको क्या? दुनिया में वह उसका कौन है? वह उसकी क्या होती है? अपने ऊपर उसे होती है गहरी और निरर्थक करुणा!

वह विषण्ण रहने लगा है। चाचा उससे इसलिए घबराए रहते हैं। एक दिन जू दिखाने ले गए थे। अपने दो-एक मित्रों के परिवार के लड़कों से उसकी जान-पहचान भी करा दी। फिर इधर डाक्टर के यहाँ ले जाने के लिए भी जिद कर रहे थे। उनका जीवन गद्य-प्रधान रहा है। इसका उन्हें गर्व ही है। वे पन्द्रह-सोलह बरस के नाबालिग रमेश में विप्रलम्भ-श्रृंगार का सन्देह कैसे करते?

रमेश भी हरा रहने के लिए कोशिश करता है। उसका फ्लैट जिस मकान में है, वैसी ही कई एक बड़ी-बड़ी इमारतों के बीच में ऐसे मकानों के लिए अत्यावश्यक फेफड़ा, एक छोटा-सा पार्क है। रमेश दोपहर में आजकल वहीं जाकर कुछ घंटे काटता है। सुबह सोता है, शाम को पार्क में या उसके आसपास घूमता रहता है। वह दूर से ही उस लड़की को देख लेता है, जिसका रूमाल उसे लौटाना है।

एक दिन उसने देखा कि वह लड़की पार्क में बेंच पर अकेली बैठी है। इसी को सुयोग कहते हैं। वह अपने अणु-अणु का साहस बटोरकर सीधे उसके पास गया और बिना कुछ कहे रूमाल बेंच पर, उसके पास, रखकर लौटने लगा। पर जरा-सा मुस्कुराकर उसने तो थैंक्स कह ही दिया। रमेश का दिमाग चक्कर खाने लगा। वह कैसा बेशऊर है? वह क्या सोचती होगी...?

मित्रता बढ़ती गई।

अब वही रमेश और रूपा है कि दिन-भर में अक्सर दो-दो बार उनकी चिट्ठियाँ, उनकी खानगी डाकियों, दरबानों, को ले आनी और ले जानी पड़ती हैं। इसमें उनकी कोई घटी भी नहीं है।

उस दिन रमेश अपने कमरे में विचारों में उलझा हुआ था। आज चाचा की छुट्टी थी। कहीं इधर न आ पड़ें, यह डर बना ही रहता था। उधर कल शाम को भेजी हुई रूपा की चिट्ठी ने तुकान्त कविता का रूप ग्रहण किया था। उसके जवाब में काफी विलम्ब हो गया था। दस बज रहे हैं। हृदय के उद्वेग से उत्तर में लिखी जा रही कविता, मात्राओं के क्षुद्र विघ्न से तो ऊपर उठ गई थी, मगर ये कम्बख्त तुक...!

बैठकखाने में किसी बाहरी आदमी की आवाज सुनाई पड़ी। चाचा जब तक उससे बातें करते हैं तब तक अच्छा मौका है; निश्चिन्त होकर कविता पूरी कर डालूँ। पर संगीत की लय में स्वर-भंग हो गया।

चाचा उसे पुकार रहे थे।

बैठकखाने में कड़े चेहरे-मोहरे के साथ उसके चाचा उसकी ओर आग उगल रहे थे। सामने उसी भाव में यह चोंगेवाली औरत, रूपा की विधवा मौसी, मूर्तिमती कठोरता हो रही थी। उसका कलेजा धक-धक करने लगा।

'ये चिट्ठियाँ तुम्हारी लिखी हुई हैं?' आपे से बाहर चाचा ने पूछा।

वह चुप।

'हूँ! देखिए देवी जी,' वह एक साथ कठोरता और क्षमा-याचना के भाव में बोल रहे थे, 'रमेश ऐसा नालायक निकलेगा, मुझे इसका गुमान तक नहीं था। पर आजकल के छोकड़ों की यही हालत है। मैं आपको यकीन दिलाता हूँ कि उसे इसकी सजा मिलेगी और अच्छी तरह मिलेगी, और तब भी मैं अपने को आपका अपराधी ही मानूँगा। आप मुझे क्षमा कीजिए।'

मौसी जी कृतज्ञता प्रकट कर चली गईं।

रमेश जीवन में अपने चाचा के हाथों पहली बार पिटा। उसके चाचा कुछ रूखे स्वभाव के आदमी जरूर थे। खुवड़ भी निकालते रहने की उनकी आदत-सी थी। पर निःसन्तान और विधुर थे। रमेश को पुत्र की तरह मानते थे। यह पहली बार उन्होंने उस पर हाथ छोड़ा था।

अब तक उसका जीवन सीधा-सादा रहा है। थोड़ा रस उमड़ पड़ा था। पर अब दिक्कतें हैं। रूपा से मिलना-जुलना बन्द है। बड़ी दिक्कतों से, हफ्तों बाद कहीं, उनकी एक-आध चिट्ठी आ-जा पाती थी। इससे भी ज्यादा दिक्कतों के बाद एक दिन पार्क में मुलाकात हो सकी थी। और सबके ऊपर थी चाचा साहब की दिन-रात की नैतिक उपदेशावली!...उसने उनकी नाक कटा दी। उनके खानदान में आज तक किसी ने ऐसी बेहयाई नहीं की थी। क्या कहती होंगी प्रतिमा देवी? जो सुनेगा, वही क्या कहेगा? अभी उसको कलकत्ता आए ही कै दिन हुए, और पर जमने लगे। ऐसे ही लोग दर-दर की ठोकरें खाते हैं। आजकल के पढ़ाने-लिखाने का तरीका ही गलत है! उन्हीं के जैसा आदमी है जो कलकत्ता की काली कोठरी में रहकर भी बेदाग बच रहा है! आजकल के लौंडे तो नाबालिग फरहाद होते हैं। वह नहीं होते, तो मालूम होता, बे-भाव पड़नेवाली जूतियों की पटापट में कैसा सुख मिलता है! और प्रेम की चिट्ठियाँ लिखा कीजिए! न रहन-सहन का खयाल, न चाल-चलन की चिन्ता! स्कूल गए नहीं कि सुधारक बने, मैट्रिकुलेशन के इम्तहान के बाद इश्कबाजी के कॉलेज में तो दाखिला होना ही है! बड़े धन्नासेठ हैं न! भैया ने बिगाड़ रखा है। लेकिन आप हैं किस खयाल में! रहना पड़ेगा अब यहीं और जैसे चाहूँ, वैसे रहना पड़ेगा। ब्राह्मी बनने के पहले ब्रह्मा ठीक कर देंगे...!

आखिर चाचा की भी जबान थकी। बाबूजी का एक कड़ा खत आया था। घर नहीं जाना पड़ा, यही खैरियत हुई।

वह अपने चाचा का काफी आदर करता था। फिर रूपा को देखते रहने के लिए कलकत्ता रहना जरूरी था। इसलिए उसने सब कुछ जब्त किया। थोड़े दिन तो उस पर ऐसी सख्ती हुई कि वैसी न हो उसके दुश्मन पर! लेकिन यह कितने दिनों तक चलती? फिर इधर उसके चाचा पहले से ज्यादा व्यस्त रहा करते हैं। आजकल शाम को भी उन्हें काम पर जाना पड़ता है। पहले तो एक भी ओवर-टाइम काम करना पड़ता था तो दो-एक दिन उनके लिए मिजाज में मिर्च पड़ जाती थी। पर आजकल खुश रहते हैं, यहाँ तक कि अब रमेश से भी फिर पूर्ववत् स्नेह और विश्वास का व्यवहार रखते हैं। रमेश बहुत खुश है। उस पर अब वैसी सख्त पाबन्दी नहीं रहती। उन्होंने उसे एक साइकिल भी ले देने का वादा किया है।

रमेश और रूपा धीरे-धीरे फिर मिलने लगे थे। चिट्ठियाँ भी जाती थीं, पर सँभलकर। उनके लिए फिर कलकत्ता स्वर्ग था। नाबालिग प्रेम को बहुत ज्यादा स्वतंत्रता और मौका मिले तो दिक्कतें उठती हैं, पर वह बातों और चिट्ठियों तक ही सीमित रहे; पार्क से कमरे में अग्रसर न हो, तो सेब खाने के पूर्व आदम और हौआ से अधिक ही सुख मिलता है। उनका प्रेम फिर अबाध चलने लगा।

एक दिन तड़के रमेश के चाचा ने उसे जगाया। उसे नहा-धोकर जल्द बाहर चलने के लिए तैयार होने को कहा, खुद कपड़े पहनने लगे। सुबह की नींद में खलल पड़ने से वह झुँझला उठा। फिर यह सोचकर कि आज रूपा से मुलाकात होने की उम्मीद ही न थी; क्योंकि कल उसने कहा था, उसे सुबह ही मौसी के साथ शहर में कहीं जाना है, और बता नहीं सकेगी कि कब लौटेगी, वह खुशी-खुशी तैयार हो गया। चलते-चलते उसने उत्साह के साथ चाचा से कहा, 'तो आज डायमंड हार्बर ही चलिए न, छोटे बाबूजी!'

पर इसी वक्त उन्होंने टैक्सी रोकने के लिए हाथ उठाया। टैक्सी में बैठकर उन्होंने एक खास पते पर चलने को कहा। रमेश यह सोचकर चुप रहा कि शायद पहले कहीं काम से जा रहे हों, बाद में हार्बर चलें।

टैक्सी से उतरकर वे एक मकान के सामने आए और उसमें घुसने लगे तो रमेश जरा चौंका। बड़ा-सा साइनबोर्ड लगा था, जिस पर लिखा था : 'आर्य समाज मन्दिर'। उसका सारा परिवार कट्टर हिन्दू होने का दम भरता है। और उसे सदैव आर्य समाज से सहानुभूति रखने के लिए भर्त्सना और ताड़ना मिलती रही है। उसे चाचा से कुछ पूछने का साहस तो नहीं हुआ, पर उसने अपने को समझाया—कोई खास काम आ गया होगा, इसीलिए चाचा को यहाँ आना पड़ा। बाहर के कमरे से होकर वे आँगन में आए। रमेश ने देखा, आँगन के बीच में वेदी प्रज्वलित है। कुछ लोग दरी-जाजिम पर बैठे हुए हैं, पर उसके ताज्जुब का ठिकाना नहीं—एक ओर रूपा और उसकी मौसी बैठी हुई हैं। क्या आज कोई उत्सव है? ऐसे उत्सवों में उसके चाचा? 'नमस्ते-नमस्ते' के बाद जब उसके चाचा रूपा की मौसी के साथ आत्मीयों की तरह जा बैठे और सभी के होंठों पर सार्थक मुस्कुराहट दौड़ गई, तो वह विस्मित हो उठा। जब किसी ने कहा, 'हाँ, तो अब विवाह-कार्य शुरू हो,' तो उसे उड़ता खयाल आया—क्या ठिकाना, कहीं सब कुछ जान-बूझकर समझदार अभिभावकों ने उसकी और रूपा की शादी तो कर देने की नहीं ठान ली? ऐसी बातें सुनी गई हैं...।

तभी शरमाते हुए रमेश के चाचा उठे और रूपा की मौसी का हाथ पकड़ अग्निदेवता के पास चले आए। एक ओर रूपा भीगी बिल्ली की तरह बैठी हुई थी। रमेश भौचक्का-सा समझने की कोशिश कर रहा था। इस आदर्श विधवा-विवाह पर दो-एक भाषण हुए, फिर प्रीति-भोज के बाद, चारों जने एक ही टैक्सी पर एक ही फ्लैट को लौटे।

तीसरे दिन रमेश के पिता शाम की गाड़ी से आए। उन्होंने उसे घर चलने के लिए तुरन्त तैयार हो जाने का आदेश किया।

'लेकिन, छोटे बाबूजी तो,' रमेश ने कहा, 'सिनेमा गए हैं। नौ बजे लौटेंगे।'

'नीचे टैक्सी खड़ी है,' उन्होंने बर्फ की तरह ठंडी आवाज में कहा, 'जो कुछ तुम्हारी जरूरी चीजें हों, झटपट लेकर चले आओ। जो कहा जाता है, वह करो। मैं नीचे टैक्सी में बैठता हूँ।'

वह भीतर के कमरे में घुसा। रूपा दरवाजे के पास ही खड़ी थी। कुछ कहना जरूरी न था। वह तो सुन ही चुकी होगी। इसलिए हँसने की कोशिश करते हुए बोला, 'बाबूजी आए हैं। मैं जा रहा हूँ।'

और, जल्दी-जल्दी नकली चमड़े के छोटे-से सूटकेस में अपने कपड़े वगैरह किसी तरह ठूँसकर वह टैक्सी में जा बैठा।

पराजित

आज धीरेन का हृदय अपनी पत्नी के पास आप ही जाना चाहता है। आज वह पराजित है। वह समझने लगा था, रेखा का कलेजा पत्थर हो ही जाएगा; वह दस बरस की एक छोटी बच्ची-सी रोती-रोती हिचकियाँ ले सकती है, इसका अनुमान भी उसने नहीं किया था। और यही रेखा गिन-गिनकर की गई उपेक्षाओं के जवाब में होंठों को एक सीधी लीक में दबा-भर लेती थी। पति-पत्नी के बीच एक दीवार खड़ी हो गई थी और वे आज तीन वर्षों से अलग-अलग कमरों में रहते हैं, किन्तु जीवन के इस दुख-नृत्य में रेखा के पैर उराके पैर से मिलकर ही बढ़ते और हटते थे। आघात का उत्तर, धीरेन को याद नहीं, कभी आघात के रूप में मिला हो। पर उसे यह समझना बाकी है कि मुट्ठी-भर गोरी कोमलता में ऐसा दम्भ क्यों? लेकिन समझने की जरूरत नहीं। यह कहाँ सम्भव है? जो इस तरह खुलकर रो सकती हो, उससे मान कैसा? क्यों न वही जाकर उसे बाँहों में भर लेता? उसके आँसुओं को चूम पोंछता? अपने को विजित होने देता? उसे अपना सारा बल दे देता? वह क्यों नहीं कह सकता, 'रेखा, देखो, अब तनी रह नहीं पाओगी?' ऑफिस

के कमरे में स्वर्गीय ससुर के कागजात की जाँच करता हुआ धीरेन निर्विकार बाह्य के भीतर क्षुब्ध हृदय से सोच रहा था।

उसके कलेजे में धड़कन है और वह अधिकाधिक प्रयत्न से बेतरतीब रखे मकान के नक्शों, बिलों, दस्तावेजों, चिट्ठियों को मेज पर अलग-अलग रखता जा रहा है। विचारधारा अविरत गति से प्रवाहित हो रही है। क्या रेखा को द्रवित कर सकनेवाला तत्त्व उस पर भी लागू होकर रहेगा? क्यों वह ऐसा नि:शक्त अपने को पा रहा है? रेखा अपने पिता के लिए रो रही है, तो रो लेना अच्छा ही है। वह क्या करे? रेखा रोती है, तो रोए। लेकिन वह क्या करे? चला तो वह रेखा के पास जाए, लेकिन इसलिए थोड़े ही कि वह उसे माफ कर देगा। पुरुष को चाहिए ही कि नारी को कष्ट न होने दे, पर क्या ऐसा नहीं होगा कि वह इस वक्त जो रोकर अपने हृदय को सांत्वना दे रही है, वह भी उसके जाते ही वह नहीं दे सकेगी? रेखा के अगणित आँसुओं में एक बूँद भी उसके लिए थोड़े ही है! नहीं है, इसलिए तो, इसलिए तो।

ऐसे ही क्षण दर्शन के जनक होते हैं। मस्तिष्क लीक पर चलता नहीं, वह एक क्षुद्र शून्य हो जाता है। धीरेन की यही दशा है। वह देखता है, वह नये वृत्तों में चल पड़ा है। पर क्या विशेष क्षेत्र में फैल जाने पर उसकी अनुभूति पहचान में आ सकेगी? वह अभी स्याद्‌वादी थी। वह अभी सापेक्षावादी है। पर उसकी विचारधारा लयहीन हो रही थी। वह कौन-सा विराट सत्य सामने आते-आते जैसे रुक जाता है—सामने आते-आते?

उलट-पलटकर देखने के सिलसिले में कागजों के बीच एक पुर्जा निकल पड़ा है, जिस पर लिखा है :

किरासन तेल—	। –)
साग—	1)
1 दस्ता कागज—	। =)
फूल—	। =)

खीज में कागज को पटकते हुए—'बट, दैट्स एब्सर्ड'—वह कुछ इतने जोर से बोल उठा कि बेयरा दौड़ा हुआ अन्दर आया, जैसे वह बाहर मुस्तैद बैठा हुआ था, सोया हुआ नहीं! किन्तु डाँट सुनकर उसे उलटे पाँवों लौटना पड़ा।

क्षण-भर के लिए लय-भंग हो गया। एक क्षण-भर के लिए ही। धीरेन पुलिन्दे के कागजों को देख रहा था। जाहिर था कि वे रोज के खर्च की फेहरिस्त थे, जिन्हें रजनी बाबू का नौकर रखता होगा। पर बिना कुछ रद्दो-बदल के सभी पुर्जियों में इन तीन-चार मदों में नियमित रूप से रोजाना खर्च दिखलाया गया था। उसके ससुर सादी तरह से जिन्दगी बसर करनेवाले आदमी थे। क्या वह किरासन तेल से नहाया करते थे? इसमें शक नहीं कि वे व्यवहार की बातों में एकदम दिलचस्पी नहीं लेते थे। हिसाब-किताब में उसने ऐसी गड़बड़ी देखी ही नहीं। उसे फिर खुर्दबीनी निगाहें से कागजों की शुरू से ही जाँच करनी पड़ेगी।

रुकी हुई विचारधारा फिर प्रवाहित हो पड़ती है : क्या ठीक है? जीवन इस रास्ते पर चिकना-चिकना चला जा सकेगा? कैसे लोगों में आत्मविश्वास रहता है कि वे जो करते हैं, ठीक करते हैं? कभी-कभी इतना कि औरों को भी अपने पीछे चले आने के लिए कहते हैं! सचमुच ऐसा ही जगत है...पत्नी के रूप में पहली मुलाकात के वक्त रेखा से उसने कहा था, अनुराग से और क्या हेय आत्मविश्वास के साथ नहीं? रेखा को मालूम नहीं होगा, उसे उसके लिए कितना वीर बनना पड़ा था। उनका विवाह कभी होता ही नहीं, यदि उसने दृढ़ता के साथ अपने अभिभावकों से कह नहीं दिया होता कि वह रेखा को छोड़ और किसी को अपनी जीवन-सहचरी बनाने को एकदम तैयार नहीं। रेखा क्या जानेगी, वह उसे कितना प्यार करता है! जरूर उस दिन दो-चार दिनों के परिचय के बाद, विवाह के पूर्व ही, एक अँधियारे एकान्त क्षण में रेखा ने कहा था कि वह उसे प्यार करती है। पर यदि रजनी बाबू ने खुद ही बातचीत नहीं चलाई होती तो क्या रेखा कहती कि वह धीरेन का स्वयं वरण

कर चुकी है? क्या उसके प्रेम में इतना साहस था?...उन दिनों ये बातें उसे कहाँ दिखाई देती थीं। तब रेखा के होंठों पर न जाने हृदय के किन भावों की अभिव्यक्ति मुकुलित हो उठती थी, जिससे उसे बार-बार आँग्रे के 'ला जोर' की नग्न नायिका के होंठों की सुध आ जाया करती थी।

...वह रेखा को याद खाली 'रेखा' से भी नहीं कर पाता। 'तब की रेखा' से परिचित होने के लिए 'आज की रेखा' अपर्याप्त है, अस्वीकार्य है। तीन वर्षों तक यही ठीक था। कल तक यही ठीक था। किन्तु आज रेखा आँग्रे के चित्र के साथ सम्मिलित होकर उसके अन्दर के किसी मोर्चाये तार को ऐंठ रही है।...उसने पढ़ा था, आँग्रे की षोडशी मॉडल किसी अस्पताल में व्याधिग्रस्त, दाने-दाने की मोहताज, मरी थी, और रेखा दो-तीन कमरों के बाद कहीं खोई बच्ची-सी रो रही है। उन होंठों की सुध क्या भूली जा सकती कभी?

उन होंठों की सुध भूली नहीं जा सकती, और उन्हें समझना भी कठिन है।

उसके दम्भ ने प्रेम पर विजय पाई थी। दम्भ का ईर्ष्या में विपर्यय हो गया था। रेखा अपने प्रेम की इयत्ता का दावा नहीं किया करती थी, किन्तु धीरेन देखता था, रेखा उसके प्रेम का प्रतिदान करने का करुण प्रयत्न करती थी। पर क्या वह कभी सफल हो सकी? क्या वह कभी यह छिपा सकी कि वह जब से अपने पिता के घर से आई, कभी सुखी नहीं हो सकी? पर पिता के घर जाने का मौका पाते ही वह कितना प्रसन्न हो उठती थी! पार्वती को हलाहल पिलाया गया होता तो उनका कंठ नीला पड़ता! रेखा वज्र से भी अधिक कठोर है। रेखा कुसुम से भी अधिक मृदु है।...उनके बीच एक पर्दा आ गिरा है, और, ओह, वह पर्दा शीशे का है। एक-दूसरे की पुकार नहीं सुन पड़ती, लेकिन एक की कोमलता दूसरे की कठोरता देख सकती है। धीरेन को आश्चर्य होता है, कैसे एक दिन रेखा कह उठी थी कि बाबूजी के यहाँ वह कैसे नहीं जाए? नहीं जाए महीने-दो-महीने में एक बार, तो उसके पहनने के लिए एक साबूत कपड़ा नहीं बचेगा। साल-भर के खर्च के लिए बैंक में जमा

रुपये दो महीने में निकल जाएँगे। उनकी हजामत नहीं बनी होगी। उन्हें दवा नहीं मिलती होगी। इस तरह क्या वे जिन्दा रह सकेंगे? वह बारह वर्ष की थी तभी उसकी माँ मर गई थी। उसने उस वक्त समझा तो नहीं था, लेकिन देखा था, कि उसके पिता भीतर से बाहर तक देखते-देखते ऐसे बदल गए थे कि वे कुछ दिनों तक उसके लिए भी अपरिचित-से हो गए थे। उसने पीछे समझा था कि कभी नास्तिकता के लिए प्रसिद्ध उसके पिता की खिल्ली अब इसलिए उड़ाई जाती थी कि वे घंटों गंगा-तट पर बैठकर स्तोत्रों का पाठ किया करते थे। उन्होंने कॉलेज से उसी वक्त इस्तीफा दे दिया था, वे धीरे-धीरे जगत्प्रवाह से अलग ही हटते गए थे। अन्त में वे पुराने पड़ोसी वकील साहब—जिनके यहाँ रेखा और धीरेन की पहली मुलाकात हुई थी, शायद माधव की वर्षगाँठ के अवसर पर—माधव और पुराने नौकर के सिवा किसी से परिचित भी रह गए थे, यह कहना कठिन था। अब कौन उनकी उन प्रिय दुर्बलताओं का आदर करता होगा? अब वह भी उनके यहाँ से चली आई थी! उसे जाना ही पड़ेगा बाबूजी के यहाँ।...रेखा की इन बातों को उसने अक्सर तौला है और उनका हर बार भिन्न मूल्य आँका है। उसने भी तो कभी रेखा के आने-जाने का विरोध नहीं किया था। पर रेखा उसके प्रति क्या कभी कृतज्ञ हुई? वह जब-जब अपने पिता के घर से लौटकर आती थी तब-तब ऐसा जान पड़ता था, जैसे वह कुछ और अधिक दूर खिसक गई हो...!

सचमुच रजनी बाबू इतने निस्सहाय, असंसारी हो गए थे, इस पर यद्यपि उसने कभी अविश्वास नहीं किया था, फिर भी, उसे अब मानना पड़ता है, अपने पिता के जीवन को ट्रेजडी के कारण जिस परिस्थिति में रेखा पड़ी होगी, उसकी गम्भीरता का अनुमान उसे कभी नहीं हुआ था। यह तो अब वह देख रहा है। उसका दोष क्या था?...वह देख रहा था, दर्जी ने एक बिल पर तीन बार, बनिये ने एक पर चार-चार बार रुपये लिये हैं। साधारणत: ढाई हजार रुपयों में साल-भर का खर्च दिखाया गया था—रेखा की सुन्दर लिपि

में लिखी सिलसिलेवार डायरियों में। पर इधर एक वर्ष में उतने से अधिक बाकी पढ़ चुका था। रेखा एक साल से अपने पिता के घर जाती जो नहीं थी। उफ, वह अपने को कभी क्षमा नहीं कर पाता, यदि रेखा अपने पिता के अन्तिम समय उनके पास रहने को चली नहीं गई होती...।

अपने पिता के पास जाने में रेखा का उद्‌देश्य एकबारगी इतना पवित्र और इतना कुटिल था! उसे अच्छा लगता था या बुरा, उसने अपने विवाह के बाद दो वर्षों तक रेखा के कहीं आने-जाने पर तो कोई पाबन्दी कभी नहीं लगाई थी! पर वह अपनी आँखों पर कैसे अविश्वास करता? इस घटना की याद उसकी स्मृति में गर्म लोहे से दगी हुई है।...वह अपनी ससुराल बिना खबर ही दिये हाईकोर्ट से लौटता हुआ चला गया था। उसने सोचा था, अपने बीमार ससुर के दर्शन भी कर लेगा और रेखा को भी अपने साथ लेता जाएगा; क्योंकि उसी शाम को तो उसके लौटने की बात थी...!

ड्राइंगरूम से रेखा की भर्राई आवाज आ रही थी। वह दरवाजे के बाहर ठिठक गया। रेखा ही कह रही थी, 'मैं तुम्हारे पाँव पड़ती हूँ।...मैं तुम्हें अब नहीं जाने दूँगी।...यहाँ तुम्हें पहले की तरह रोज आना ही पड़ेगा।...मैं भी और जल्दी-जल्दी आने की कोशिश करूँगी।...मुझे तुम्हारे प्यार का भरोसा है...'

आगे सुनने के लिए धीरेन तैयार नहीं था। आवाज देकर, बिना उत्तर की प्रतीक्षा के ही, उसने दरवाजा खोल दिया। माधव और रेखा एक सोफा पर बैठे थे। रेखा के गाल भीगे हुए थे। वे चौंक गए थे।...'गुफ्तगू में खलल डालने का अफसोस है,' उसने तेजाबी स्वर में कहा, 'पर मैं पूछने आया था कि क्या तुम घर चलना चाहती हो?'...उसे अच्छी तरह याद है, उसने अपने आरोप की ध्वनि स्पष्ट रखी थी। क्या उसे मालूम नहीं था कि उसी माधव से कभी रेखा का विवाह होनेवाला था?

रेखा उसके साथ ही चली आई थी। उसने यह साफ कह दिया था कि यदि रेखा फिर कभी वहाँ गई, तो उससे वह कोई वास्ता नहीं रखेगा। लेकिन

वह खुश है कि उस दिन फिर रेखा अपने मन से पिता के यहाँ चली गई थी और अपने पिता के मरने के समय उनके पास रही।...वह यह समझ नहीं पाता, क्यों रेखा सब कुछ होने पर भी उसके पास से सदा के लिए चली नहीं गई? क्या वह प्रतीक्षा-सी करती है?

स्टील ट्रंक के एक कोने में रेशमी रिबन से बँधा एक छोटा-सा चिट्ठियों का बंडल था। क्या उसे खोलना उचित है? उसमें रजनी बाबू के जीवन का कोई गोपनीय इतिहास तो नहीं है? पर इस वक्त वह एक बैरिस्टर की हैसियत से उनके कागजात की जाँच कर रहा है। वह बंडल खोल डालता है और कुछ अन्य पत्रों के बाद उसकी निगाह दो चिट्ठियों पर पड़ती है। पहली इस प्रकार है :

'बाबूजी,

मैंने यही सीखा है कि आपसे कुछ न छिपाऊँ। आप मेरे विवाह के लिए इतनी चिन्ता क्यों करते हैं? मैं आपकी परेशानी नहीं देख सकती। माधव से मैं विवाह नहीं कर सकूँगी। उन्होंने स्वयं भी प्रस्ताव किया था, किन्तु मैं स्वीकार नहीं कर सकी। मैं उन्हें लड़कपन से 'भैया' कहती आई हूँ और मैंने उन्हें यही बने रहने के लिए मना भी लिया है। उन्होंने आपके माध्यम को अस्वीकार किया, इसमें उनका कुछ दोष नहीं। आप उन पर क्रोध न रखें।'

[किसी का नाम नहीं]

दूसरी चिट्ठी इस प्रकार थी :

'बाबूजी,

कोटिश: प्रणाम! मैं आज ही एक काम से बाहर जा रहा हूँ। कह नहीं सकता, कब तक लौटूँगा। मैं आपकी आज्ञा पालन करने में असमर्थ हूँ। रेखा और धीरेन एक-दूसरे को प्यार करते हैं। यदि

अपनी ओर से प्रस्ताव नहीं हुआ, तो आश्चर्य नहीं, धीरेन की ओर से हो। किन्तु प्रस्ताव तो आपकी ओर से ही होना चाहिए; नहीं तो वे लोग पसोपेश में पड़ेंगे। ऐसे भी धीरेन से अधिक योग्य वर नहीं मिल सकता।

आपका पुत्रवत्

—माधव'

तीन वर्षों के बाद आज पहली बार रेखा और धीरेन का पुनर्मिलन हुआ।

अली और कली

विभा नाखून पर 'क्यूटेक्स' की पालिश कर रही थी। मेज पर बाईं ओर लिफाफे से बाहर निकालकर रखे हुए निमंत्रण के कार्ड को वह बार-बार देख लेती थी। नाखून पर ब्रश चलाते-चलाते जब कभी उसकी नजर ऊपर उठ जाती थी तो कार्ड के सुनहरे टेढ़े-मेढ़े खूबसूरत हर्फ कहीं-न-कहीं अपने पर उसे अटका लेते थे : 'कुमारी विभा की शिरकत का...डिनर पार्टी में... गार्डन-हाउस में...आठ बजे...।'

स्कूल के सेक्रेटरी साहब के इस कार्ड को वह इतनी बार पढ़ चुकी थी कि यह उसे जबानी याद हो चुका था। उसने इस बार जबरन कार्ड की ओर से नजर मोड़कर टाइमपीस की ओर देखा। अभी मुश्किल से सात बजे थे। पौने आठ बजे उसे पार्टी में ले जाने के लिए मोटर पहुँचेगी। उसने दूसरे नाखून पर पालिश करने के पहले 'क्यूटिक्ल' ऑयल निकालने के लिए क्यूटेक्स का स्प्रिंगदार ढक्कन खोला।

आज न जाने कैसे डिब्बे के स्पर्श-मात्र से उसे रोमांच हो आता था। इस डिब्बे को बड़ी मुश्किल से उसने स्वीकार किया था। लीला ने

जब उसे यह डिब्बा भेंट करना चाहा था तो उसे बड़ी झल्लाहट मालूम हुई थी। दो-चार रोज पहले ही टीचर्स-रूम में उसे और लीला को लेकर बड़ी-बड़ी कानाफूसी चली थी। लीला के साथ पढ़नेवाली किसी लड़की से विभा को मालूम हुआ था कि उसने तेज चाकू की नोक से विभा का नाम अपनी दाहिनी बाँह पर गोद लिया था। उसका समूचा हाथ सूज गया था, और उसके पिता ने सैकड़ों रुपये डाक्टरों पर खर्च किये होंगे। विभा को लीला की यह बेवकूफी बिलकुल नागवार मालूम हुई थी। उसके लिए जैसी दूसरी लड़कियाँ थीं, वैसी ही लीला भी थी। उसकी ओर देख-देखकर, धीरे-धीरे मुस्कुराती जब दूसरी अध्यापिकाएँ बातें करने लगती थीं, तब उसे बहुत बुरा मालूम होता था। और जब लीला ने दो-चार रोज के बाद ही यह 'क्यूटेक्स' का डिब्बा भेंट करना चाहा तो वह किस तरह बिगड़ उठी थी! आखिर लीला उससे चाहती क्या थी? वह इस तरह रोने लगी थी कि विभा को उसका उपहार स्वीकार करना ही पड़ा। लेकिन जब लीला चली गई थी तो उसने डिब्बे को उठाकर एक ओर फेंक दिया था। उसे आज इतने दिनों के बाद उसने ढूँढ़कर निकाला था। यों ही खयाल आ गया था कि जब पार्टी में जाना ही है तो नाखून ठीक तरह से क्यों न रंग लिये जाएँ?

लेकिन विभा जो नहीं समझ पा रही थी, वह यह कि उसे लीला की याद आज इतनी भली क्यों मालूम हो रही थी? उसने इतने दिनों के दरमियान उसके बारे में शायद एक बार भी सोचा तक नहीं था। आज क्यों वह इतनी उत्कंठा के साथ चाहती थी कि ऊपर की ओर मुड़ी हुई घनी बरौनियों और गोरी-गोरी बाँहोंवाली उसकी वह छात्रा उसके कमरे में कहीं से आ जाती? उसे ऐसा लगता था, जैसे उसके आने से कमरे की खुनकी में गर्मी आ जाती और कमरा या वह खुद बिलकुल इस तरह खाली-खाली न लगती।

उसने 'क्यूटिक्ल' खत्म कर नाखून पर पालिश करना शुरू कर दिया था। उसने ताज्जुब के साथ यह महसूस किया कि अगर उसे लीला की याद इतनी भली लग रही थी, और उसके लिए यह बिलकुल नई बात थी, तो उसके साथ उसकी जिन्दगी में और भी तो एकदम इतनी सारी नई बातें, नई अनुभूतियाँ, जाने कहाँ से, कैसे फट पड़ी थीं, और इस जोर के साथ चक्कर खा रही थीं कि रह-रह वह बेअख्तियार हो जाती, घबरा उठती थी कि यह सब क्या हो रहा था, उसे हो क्या गया था, जबकि वह दस रोज पहले की तरह ही भली-चंगी थी, स्वस्थ थी।

विभा नाखून के अगले नुकीले हिस्से पर बड़ी तेजी के साथ ब्रश कर रही थी। क्षण-भर के लिए उसे ऐसा मालूम हुआ, जैसे उसकी आँखों के सामने से नाखून गायब हो गया हो। वह काफी देर से सिर्फ एक चीज आँखों के सामने देख पा रही थी, और वह चीज थी उसके नाखून का लाल, नुकीला हिस्सा, और क्षण-भर के लिए अकस्मात् वह भी गायब हो गया और उसकी आँखों के सामने रह गया सिर्फ गहरा अन्धकार, जिसमें लाल रंग की चिंगारियाँ उड़ रही थीं। और फिर अपने-आप ही आँखों के नीचे नाखून उस अन्धकार से बाहर निकल पड़ा तो उसने देखा कि दाएँ हाथ की उँगलियों में ढीला पड़ा हुआ ब्रश बाएँ हाथ की आखिरी उँगली के नाखून के नुकीले हिस्से पर ही नहीं, बल्कि समूचे नाखून पर और उसके ऊपर चमड़े पर भी लड़खड़ा रहा था, और आधी उँगली लाल हो उठी थी, जैसे चाकू से कट गई हो! खून के रंग के साथ खून की तकलीफ नहीं थी। यह उसे बार-बार मालूम हुआ और उसकी तबीयत हुई कि उठे और चाकू लेकर उँगली को कहीं चीर दे। उसने अपनी बेवकूफी को समझा और डिब्बे से 'पालिश रिमूवर' निकालकर फालतू पालिश को उँगली और नाखून से हटाने लगी।

और उसने अपने को याद दिलाया कि क्या यह उसके लिए नई बात नहीं? उसे जरूर चक्कर आ गया था और उसका दावा था कि उसे याद नहीं

कि कभी उसे चक्कर आया हो। यही क्यों, उसे अभी किसी सख्त बीमारी का सामना तक नहीं करना पड़ा था। और यह कमरे में बैठे-बैठे चक्कर का आ जाना?

विभा के नाखून रँगे जा चुके थे। अभी काफी वक्त था। वह कुर्सी पर बैठी हुई अपनी खूबसूरत पतली उँगलियों को देख रही थी। उँगलियों के नुकीले, लाल नाखून उसके गुदगुदे हाथ को बिल्ली के पंजे की तरह बना रहे थे। वह कल्पना कर रही थी—सेक्रेटरी मिस्टर सिन्हा के मुँह पर अगर अपने नाखून वह गड़ा दे सके तो कैसा होगा? मिस्टर सिन्हा के यहाँ एक दिन उसे और भी जाना पड़ा था और यह मुमकिन था कि उसे अपने नाखून से काम लेना ही पड़ता। लेकिन बिल्ली को पंजे निकालने की जरूरत नहीं पड़ी थी। उसका गुर्रा उठना ही काफी साबित हुआ था। उस दिन उसने इसे गनीमत समझा था। आज उसे इसका अफसोस हो रहा था। बात पुरानी पड़ गई थी। उसने अपने मन में परिस्थिति से समझौता कर लिया था। उसने निश्चय कर लिया था कि वह सेक्रेटरी साहब के यहाँ फिर कभी जाएगी ही नहीं। और इतने दिनों तक बहुत आग्रह करने के बाद भी उसने किसी अवसर पर भी मिस्टर सिन्हा के निमंत्रण को स्वीकार नहीं किया था। आज उसकी पार्टी में शरीक होना उसने मंजूर किया था। इसकी उसे खुशी थी। वह चाह रही थी कि पार्टी के बाद उस दिन की-सी परिस्थिति आए और वह सिन्हा के जिस्म को पहले से ही पालिश से लाल-लाल अपने नाखूनों से खरोंचकर उन्हें खून से और भी लाल कर ले! तब क्या करेगा सिन्हा?

वह नहीं समझ पा रही थी कि आज क्यों सिन्हा पर उसे इतना गुस्सा आ रहा था! उसने उसके निमंत्रण को स्वीकार ही क्यों किया था? और सबसे ज्यादा यह कि क्यों उसके क्रोध में सिन्हा की पार्टी में जल्द-जल्द पहुँचने के लिए इतनी अधीरता थी?

विभा ने मेज पर सामने ही पड़े गोल शीशे की ओर नजर उठाई। उसने शीशे को हाथ में लेकर बिलकुल पास से अपने को देखा। उसने शीशे को चूम लिया। उसने देखा कि उसके गोरे गालों पर लाली दौड़ गई, और उससे देखा नहीं गया। उसने शरमाकर शीशे को मेज पर रख दिया और महसूस किया कि वही लाली उसके कानों को सुर्ख बना रही थी।

वह हैरत में थी। वह बाईस साल की हो चुकी थी, तेईसवें में थी। उसने सुना बहुत था, देखा कुछ भी कभी नहीं था। थोड़ा-बहुत पढ़ा जरूर था। आज वह जो हो रही थी, वह पहले तो कभी नहीं हुई थी। उसने अपने ऊपर कठोर नियंत्रण रखना सीखा था। वह समझती थी कि अब यह उसका स्वभाव ही हो गया। होस्टल के रंगीन वातावरण में भी उसने सिर्फ पढ़ना और इम्तहान में अव्वल आना ही अपना मकसद जाना-समझा था। वह परिस्थितियों से विवश होकर चारों ओर की जिन्दगी से अलग रहती आई थी। आज वह समझ रही थी कि उसका यह गर्व कि इस विवशता को वह आदर्श मानती थी और इसीलिए उसे स्वीकार करती थी, उसकी भूल थी। वह भी उन्हीं लड़कियों की तरह थी, जिन्हें वह कमजोर और बेवकूफ समझा करती थी। आज वह उसी रास्ते पर खड़ी थी, जिधर वे लड़कियाँ होस्टल के दिनों में ही बढ़ गई थीं, या जिधर जाने का ख्वाब देखा करती थीं, और इस बात को छिपाती भी नहीं थीं। यही तो वह रास्ता था।

विभा के दिमाग में अभी अस्त-व्यस्त विचार शान्त नदी में प्रतिबिम्बित आसमान के आवारागर्द बादलों की तरह तैर रहे थे। उसने अपने को अन्दर-बाहर झकझोर दिया। उसने फिर भी पाया कि दिमाग में तूफान की तरह उठते हुए खयाल पकड़ के बाहर थे। अपनी परछाईं की तरह उनसे छुटकारा पाना नामुमकिन था। न उसके आगे दौड़ा जा सकता था, न पीछे

भाग चलने से ही वे रुक सकते थे। खड़े रहने पर परछाईं की तरह वे चिपटे रहते ही थे। अवास्तविक होकर भी वास्तविकता को वे मजबूर कर देना चाहते थे।

वास्तविकता यह थी कि पौने आठ बज रहे थे। विभा कुर्सी से उठ गई। स्थिर शरीर में विचार भँवर में पड़े हुए थे। उठने से वे स्थिर हो सके तो अच्छा, नहीं तो वह कर ही क्या सकती थी? घड़ी में तो पौने आठ बज ही गए थे, जिस्म और दिमाग की रस्साकशी हो तो हो...।

उसने घबराहट के साथ सुना, तेज रफ्तार के बीच अचानक मजबूती के साथ बँधे हुए मोटर के पहिये सड़क पर घिसटने की आवाज के साथ उसके मकान के सामने थम गए। छज्जे पर जाकर उसने देखा, सिन्हा खुद ही कार के अगले दरवाजे से उतर रहे थे। और जैसे एक झटके के साथ दिमाग और जिस्म के विपरीत दिशाओं में घूमते हुए पुर्जे एक-दूसरे से मिलकर साथ-साथ चलने लगे। उसने अभी साड़ी नहीं बदली थी। लेकिन इसके पहले उसे जाकर दरवाजा खोलना पड़ेगा। और वह सीढ़ियों के साथ-साथ यह भी तय करती जा रही थी कि सिन्हा को ऊपर पढ़नेवाले कमरे में बैठाकर नीचे के गुसलखाने में आकर कपड़े बदल लेगी।

'आप अभी तैयार नहीं हुईं?' गोरे और काले और सफेद सिन्हा ने पूछा, और कुछ सोचकर अपना दायाँ हाथ बढ़ा दिया।

पश्चिमी तौर-तरीके से वाकिफ मिस्टर सिन्हा विभा के हाथ बढ़ाए बिना ही अपना हाथ बढ़ाने में झिझके जरूर थे। लेकिन वह अपने को रोक भी नहीं सके। वह जानते थे कि अगर विभा की ओर इस तरह के सीधा सम्बन्ध स्थापित करनेवाले अभिवादन के लिए इन्तजार करेंगे, तो उन्हें नाउम्मीद ही होना पड़ेगा। विभा को अपना हाथ देना ही पड़ा। सिन्हा के हाथ में उसका हाथ जरूरत से कुछ ही देर ज्यादा रहा, जरूरत से कुछ ही ज्यादा दबा।

उसने हाथ हटाया तो उसे लगा, जैसे वह काटकर अलग कर दिया गया हो और बेजान होकर झूल रहा हो!

उसने जैसे इसी दरमियान में अपने मन में कुछ ठीक कर लिया था। क्षण भर में उसने जो निश्चय कर लिया, शायद महीनों उलझन में पड़े रहने के बाद भी वह न कर पाती, दुविधा में ही पड़ी रहती। उसने मुस्कुराकर दो मिनट की छुट्टी चाही और नीचे दौड़ गई।

तौलिये से हाथ पोंछती वह ऊपर लौटी तो सीधे सोने के कमरे में चली गई, स्विच दबाया और मुड़कर बीच के दरवाजे के पर्दे को बेतकल्लुफी के साथ फैला दिया और देखा तक नहीं कि वह पूरी तरह फैला भी या नहीं।

वह कपड़े बदलने लगी। सिन्हा ने अपनी नजर के सामने सिगरेट के धुएँ का पर्दा खड़ा कर दिया, और उसे एक फूँक में उड़ा भी दिया।

सिन्हा उठे। विभा ने ड्रेसिंग टेबल के शीशे में से बिलकुल अपने पास ही निकले हुए सिन्हा को देखा। सिन्हा बिलकुल पास आकर उसके पीछे रुक गए थे। अंग्रेजी दर्जी के सिले काले रंग के कोट में सिन्हा के कन्धों ने एक चौड़ी और सीधी रेखा उसके सिर के पीछे खींच दी थी। नीचे की ओर दोनों हाथों की सीधी रेखाएँ थीं। और इन काली रेखाओं से घिरी एक सुनहरी तसवीर थी। उसने शीशे में ही देखा, रेखाएँ हिलीं-डुलीं, और तसवीर पर फैलने लगीं, उसे घेरने लगीं। फिर धीरे-धीरे तसवीर आँखों के सामने से हटती हटती हट भी गई। विभा और सिन्हा शीशे के सामने से हटकर सोफे पर आ बैठे थे। विभा सोफे तक आती हुई जैसे सपने में महसूस कर रही थी कि उसके पैर रुके हुए थे, वह हवा में उड़ी चली जा रही थी।

लेकिन उसका सपना तुरन्त टूट भी गया। सिन्हा अचानक उससे कुछ दूर खिसक गए। विभा को लगा, जैसे कहीं ऊँचे से गिरते-गिरते एकबारगी उसके पैर धरती पर टक्कर के साथ आ लगे।

'मिस विभा!' उसने चौंकते हुए सुना, 'मुझे निहायत अफसोस है!'

और सिन्हा रुके, जैसे शब्दों के लिए टटोल रहे हों, फिर कहा, 'मिस विभा, देखिए, अ...अ...आप हकीकत में कली ही हैं, मैं जानता नहीं था! फूल हो तो बात दूसरी है! हाँ, पार्टी में तो आप चलेंगी नहीं! अच्छा, इस वक्त तो अब इजाजत चाहता हूँ।'

पड़ोस की कोयल

रमेश ने चारपाई पर लेटे-लेटे देखा, अब तीन बजने में पाँच मिनट बाकी थे। सस्ती-सी टाइमपीस की टिक-टिक तो जारी थी, घड़ी जरूर ही रुकी नहीं थी। लेकिन इतनी देर बाद भी घड़ी में पाँच मिनट ही गुजरे थे। इसके पहले उसने देखा था तो तीन बजने में दस मिनट थे। उसे ऐसा मालूम हो रहा था, जैसे घंटों बाद उसने फिर घड़ी देखी थी। उसने यही समझा था कि चार बजने में पाँच मिनट थे, लेकिन नहीं, चार नहीं, तीन बज रहे थे और इसमें भी अभी कुछ देर थी। घड़ी की सुई बरसात के किसी बेडौल कीड़े की तरह रेंग रही थी, जिसके दोनों पंख जल गए हों, सारी-की-सारी टाँगें जल-कट गई हों।

रमेश के ऑफिस का एक कर्मचारी मर गया था। ऑफिस दोपहर में ही बन्द कर दिया गया था। उसने सोचा था, दोपहर में आराम करेगा। आराम उसने इतना काफी कर लिया था कि अब उठा था। वह दोपहर और शाम के बीच टँगा हुआ झूल रहा था।

उसके ऑफिस में भी सभी ऑफिसों की तरह, सब काम बहुत धीरे-धीरे होते थे, लेकिन होते थे जरूर। ऑफिस में वक्त भी, धीरे-धीरे ही सही,

लेकिन जिद के साथ गुजरता चला जाता था। आज तो, मालूम होता था, फाइल और बही-खाते वगैरह के साथ ही वक्त भी ऑफिस की अलमारी में ही बन्द हो गया था।

नीचे गली में मुद्दत के बाद कभी साइकिल की घंटी बज जाती थी, नहीं तो वह भी रमेश के दिमाग की तरह सूनी पड़ी थी। दिन के वक्त रात जैसी इस खामोशी में, राहत के बदले एक अजीब उदासी थी। शोरगुल से गूँजनेवाले शहर के बीचोबीच यह सूनापन दिल की धीमी पड़ती हुई धड़कन की तरह परेशान कर रहा था। रमेश सिगरेट के गहरे धुएँ से छोटे कमरे में बन्द आसमान पर गोल लकीरें खींचने की कोशिश कर रहा था कि अचानक जहरीली गैस की तरह कमरे के अन्दर-बाहर छाई हुई निस्तब्धता भंग हो गई। बिलकुल पास में ही कोई सुरीले कंठ से गाने लगा था। उसने ध्यान से सुना, गाने की आवाज सामनेवाले मकान से आ रही थी। कोई रमणी गा रही थी। उसे याद आया, कल सामने के मकान के दरवाजे पर नये किरायेदार के सामान से लदी गाड़ियाँ उसने देखी थीं। गाना बीच-बीच में रुक जाता था और रमेश को इन बातों पर गौर करने का मौका मिल जाता था। गाना हठात् रुक जाता था, फिर उसी तरह शुरू भी हो जाता था। वह मुग्ध होकर गाना तो सुनता ही था, कानों के सहारे ही जैसे साफ-साफ देखता भी जाता था कि गानेवाली रमणी ने यहाँ यह चीज सजा दी और उल्लास के साथ गा उठी, फिर कोई भारी चीज उठाने के वक्त धीरे-धीरे गुनगुनाती हुई चुप भी हो गई, कि यह काम खत्म होते ही एक कमरे से दूसरे कमरे में कूदती जाती हुई फिर वातावरण को अपनी मधुर ध्वनि से गुँजाने लगी।

रमेश संगीतज्ञ तो नहीं था, पर संगीत-प्रेमी जरूर था और इस नाते अच्छे-बुरे की पहचान उसे थी। उससे छिपा नहीं रहा कि गानेवाली स्त्री को संगीत का बहुत कम ज्ञान था। लेकिन यह जैसे उसके हक में अच्छा ही था। गाने में कहीं कोई कृत्रिमता, खींचतान नहीं थी। गानेवाली को केवल अपने

कंठ पर ही भरोसा था। लेकिन गाने के लिए इससे ज्यादा भरोसा किया ही किस पर जा सकता है, सोचते-सोचते रमेश फिर उस मधुर ध्वनि की प्रतीक्षा करता रहा। उसे इस बार निराश होना पड़ा। बहुत देर इन्तजार के बाद वह बाहर चला गया।

रात में नौ बजे के बाद लौटते हुए रमेश ने गली में ही सुना, पड़ोस की वह कोयल कूक रही थी। इस औरत ने दुनिया की कौन-सी न्यामत पा ली थी? उसे जीवन के किस बन्धन से मुक्ति मिल गई थी? रमेश ने बहुत दिनों पहले किसी गाँव में सुबह के वक्त कोयल को इस तरह हृदय उलीचते हुए सुना था। आम के दरख्त की फुनगी पर खतरनाक ढंग से झूलती हुई कोयल मुनादी कर रही थी : आज मैं बहुत खुश हूँ, इतना कि अपने में ही बन्द नहीं रह सकती। लो, तुम सभी सुनो, मेरी खुशी में हिस्सा बँटाओ। और उसने भी शरारत से एक-दो बार जोर से कू कर दिया था। कोयल ने ललकार-ललकारकर जवाब देना शुरू कर दिया था। इतने ही में एक देहाती निशानेबाज लड़के ने एक पके आम पर ताककर ईंट चला दी थी। ईंट शायद आम के बदले कोयल को ही जा लगी थी। कोयल एक कातर कू के साथ उड़ गई थी। रमेश के दिमाग में गाँव की वह सुबह और यह रात घुल-मिल गईं। वह आँख बन्द कर दरख्त की फुनगी पर झूलती हुई कोयल को देख रहा था और उसके कानों में गाने की आवाज झर रही थी। अचानक गाना बन्द हो गया और तभी बन्द हो गया जब उसे कोयल की कातर कू का खयाल आने ही लगा था। यह बात उसे अशुभ-सी मालूम पड़ी। वह अनमना हो उठा। लेकिन तत्क्षण ही गाना फिर शुरू हो गया। वह गाँव और कोयल और निशानेबाज लड़के की बात भूलकर गाना सुनने लगा। गाना कोई ग्यारह बजे रात तक जारी रहा, जब गली में इस मकान के सामनेवाले दरवाजे की कुंडी किसी ने खटखटाई। रमेश ने समझा, गृह-स्वामी घर लौटा होगा।

सुबह ऑफिस जाने के पहले भी गाने का सिलसिला जारी रहा। शाम को और रात में भी, जब तक कुंडी नहीं खटखटाई गई। रोज ही सुबह-शाम रमेश की थकावट खुशी और गाने के फव्वारे से धुल जाती थी।

एक इतवार को दोपहर-भर गाना सुनते-सुनते, कुछ दूर तक स्थगित रहने के बाद, शाम के वक्त उसने सुना, गाना हारमोनियम पर गाया जा रहा था। कोई तबला भी बजा रहा था। गाना बीच-बीच में रुकता नहीं, रोक दिया जाता था। तबला बजानेवाला ही, जहाँ गाना रोक दिया जाता था, वहाँ से गाने लगता था। भूल समझाकर रुक जाता तो हारमोनियम पर परिचित कंठ गाने लगता था। रमेश को यह संगीत-शिक्षा बिलकुल निष्प्रयोजन और आपत्तिजनक लगी। गाने में व्याकरण के बन्धन लग गए थे और कविता का स्वाभाविक प्रवाह रुक गया था। वह झुँझलाहट के साथ उठा और बाहर चला गया।

रात में लौटकर आने के बाद जब फिर वही चारों ओर खुशी लहरानेवाली आवाज उसके कानों में गूँज उठी, तब बड़ी तसल्ली हुई। रोज ही शाम के वक्त प्राणों के संगीत को दिमागी नियमों से बाँधने की शिक्षा दी जाती थी। लेकिन जैसे रमेश को यह सब पसन्द नहीं था, वैसे ही संगीत की इस जिद्दी छात्रा को भी मास्टर के जाने के बाद यह सब किसी दिन कभी मंजूर नहीं हुआ। रमेश ने उसे कभी पाठ का अभ्यास करते नहीं सुना। वह जब गाती, और अक्सर गाती ही रहती थी, तब उसी तरह आनन्द-विभोर होकर।

यह सचमुच ताज्जुब की बात थी। रमेश ने दाई से सुना था कि सामनेवाले मकान में जो बाबू आए थे, उनकी विलायती शराब की दुकान थी। कभी ग्यारह बजे से पहले घर नहीं लौटते थे। खुद भी शराबी थे। पक्के मक्खीचूस थे। चाल-चलन भी अच्छा नहीं था। घरवाली के साथ बुरा सुलूक करते थे। बेचारी की अभी उम्र ही क्या थी! बड़ी अच्छी हँसमुख लड़की थी। अपनी-

अपनी किस्मत! रमेश गाना सुनता, इन बातों पर गौर करता, और ताज्जुब के साथ फिर गाना सुनने लगता।

रमेश इधर कई दिनों से देख रहा था, ऑफिस में उसके साथ काम करनेवाले, ऑफिस के बाहर उसके मुलाकाती—सभी उसकी ओर आश्चर्य के साथ देखते थे। इसकी वजह उसे तब मालूम हुई जब उसके एक दोस्त ने बड़े रहस्यपूर्ण ढंग से शरारत-भरी मुस्कुराहट के साथ पूछ दिया था, 'क्या बात है? आजकल बड़े खुश नजर आते हो? कुछ बताओगे भी? न सही साझा!'

और तब रमेश ने भी समझा था कि ओह, सचमुच वह कितना बदल गया था चन्द दिनों में! यहाँ आकर ऑफिस में काम शुरू करने के कई दिनों बाद उसने धीरे-धीरे यह समझा था कि उसका जीवन कितना नीरस होता जा रहा था! जब उसने यह समझा, तब तक वह इसका आदी हो गया था। लेकिन आज अपने इस परिवर्तन को समझ लेने के बाद ही उसे मालूम हुआ कि उसने कितना क्या खो दिया था और वह सब कुछ ही उसे इस तरह अनायास ही वापस मिल गया था। उस रमणी के प्रति, जिसे एक बार देखा तक नहीं था, जिसे सिर्फ सुनकर ही जाना था, उसका हृदय कृतज्ञता से भर-भर उठा। लुटानेवाले को भले ही इस बात की फिक्र नहीं कि किसे क्या मिला, कितना मिला, किसी को बहुत कुछ और किसी को शायद कुछ भी न मिला हो लेकिन इतना पाकर रमेश उसके लिए क्या कर दे, वह समझ नहीं पा रहा था।

उस दिन शाम से ही वह और पाने के लोभ में अपने कमरे में बैठा रहा, लेटा रहा। लेकिन शाम हो गई, रात के दस-साढ़े दस बजे, और वह इन्तजार ही करता रहा। आखिर ग्यारह बजे के बाद गाने की आवाज के बदले कुंडी की खट-खट से उसे प्रतीक्षा का पुरस्कार मिला। सामने के मकान का बाबू घर वापस आ गया। रमेश सोने की तैयारी में लगा।

बिस्तर झाड़ते हुए रमेश सामनेवाले मकान के परिचित कंठ की चीख से चौंक गया। लानत-मलामत के तीखे शब्द और थप्पड़-तमाचों की आवाज भी सुनाई पड़ी। रमेश ने एक-एक आघात अपने गाल, पीठ पर जैसे सहा और बिस्तर पर धम्म से गिर गया।

दूसरे दिन दाई रमेश के कमरे में झाड़ू लगाती जाती थी, और बड़बड़ाती जाती थी, 'मास्टर को निकाल दिया सो तो ठीक ही किया था। लेकिन बड़ी उम्र हो बहूजी की, वनमानुष ने किस बेदर्दी से बहूजी को लात-घूँसे लगाये थे! बेचारी को चौथे-पाँचवें महीने का बच्चा होने को आया।'

रमेश शाम को वह घर छोड़कर एक होटल में चला गया।

जरूरतें

बाजारू औरतें रात में कुछ घंटों के लिए कुछ और हो जाती हों, लेकिन दिन भर सूखे आदमीपन के सिवा उनके पास भी कुछ नहीं रह जाता। पज्जन के छोटे-से कमरे के बाहर, उसे घेरकर, अगल-बगल के कमरों की, और शायद दूसरे घरों की भी हमपेशा, हमउम्र औरतें बैठी हुई हैं। दोपहर का, खाने-पीने के बाद का, वक्त है। बरामदे में मीठी धूप में चुहल, शिकायत, दुनिया-भर की बातें, जो भले घरों में भी इस वक्त होती हैं, यहाँ भी चल रही हैं। उनका रूप, वेश, आचरण बिलकुल भले घरों की बहू-बेटियों की तरह साधारण है, अगर यह छोड़ दें कि उनमें रो एक सिगरेट पी रही है, जो मतभेद की बात हो सकती है।

सिगरेट खत्म कर लेने के बाद चलती बात का जरा भी खयाल किये बिना, उनमें से एक बीच में ही बोल उठी, 'तो पज्जन, कल रात का किस्सा सुनाओ न! एकदम सौ रुपये ले आई ताज्जुब उसी का था, फिर इतनी देर से टाल-टालकर सुनने के लिए और भी उतावली बना दिया है!'

'मैं तो खुद ही कहने जा रही थी,' पज्जन ने कहा, 'अजीब वाकया है। तुम शायद एतबार नहीं करोगी। लेकिन कसम है, जो अपनी ओर से कुछ बढ़ाया-घटाया हो।'

और पज्जन ने कहना शुरू किया :

कल उसे वह आदमी रात-भर के लिए अपने घर ले गया था। जाने पर उसने खाना खिलाया, उसने बहुत थोड़ी-सी शराब भी पी थी। फिर उसे बैठाकर वह आदमी बगलवाले कमरे में चला गया था। जब वह बहुत देर तक इन्तजार करने पर भी नहीं आया तो वह सोफे पर ही लेट गई थी। न जाने कितनी देर के बाद मेज पर प्लेटों के हिल जाने की आवाज से जग पड़ी तो देखा कि वह शख्स अजीब किस्म से, खोया-सा उसकी ओर देख रहा था। उसने उठकर कहा था कि उसे सो जाने का कितना रंज था, पर उसने इन्तजार काफी देर तक किया था। खैर, वह हाजिर थी। लेकिन उस आदमी ने हँसकर बीच में ही रोक दिया था कि नहीं, नहीं, वह फिर सो ही जाए एकदम, कुछ खयाल मत करे। यहाँ तक कि उस पर एक 'रंग' डालकर उसके सिर को गोद में रखकर सहलाता रहा, जब तक वह सो नहीं गई—रोती बच्ची की तरह आया से थपथपाई जाकर। उसकी नींद फिर काफी देर बाद खुली थी। 'रंग' नीचे गिर गया था और उसे ठंड मालूम हुई तो वह उठ बैठी थी। पंजे पर आहिस्ता-आहिस्ता चलकर उसने दूसरे कमरे में पहुँचकर देखा था कि वह आदमी दीन-दुनिया की खबर से बेसुध ब्रश चला रहा था।

उसे खयाल हुआ था कि शायद उस आदमी को तसवीर बनाने के लिए सोई हुई 'मॉडल' की जरूरत होगी। एक बार एक जनाब को नंगी 'मॉडल' की भी तो जरूरत हुई थी, गरचे स्टूडियो में उन्होंने तसवीर बनाने का नाम भी लिया होता! लेकिन यह सचमुच कोई पहुँचा आर्टिस्ट होगा, उसने सोचा था।

लेकिन भई, बात तो कुछ समझ में ही नहीं आई। वह उसके पास एकदम चली गई थी। पर पास जाने पर देखा था, कागज पर छोटे-बड़े, उलटे-सीधे तिकोने कहीं, तो कहीं जैसे रंग में लपेटकर ब्रश कर दिया गया हो!

दीवार पर उसकी परछाईं देखकर वह चौंक उठा था। उसकी ओर देखकर उसने ब्रश रख दिया था। फिर उठ खड़ा हुआ था। घड़ी देखी थी और फिर उसे कुर्सी देकर कहा था, 'अब चार बज रहे हैं, तुम जा सकती हो। सवारी मँगाये देता हूँ। ये रुपये लो।'

वह जानती है कि उसकी बात पर उसके सुननेवाले एतबार नहीं करेंगे। उसे खुद ही नहीं होता। 'लेकिन, कसम खुदा की,' पज्जन ने बड़ी गहराई से कहना जारी रखा, 'उस चार बजे के वक्त उसके स्टूडियो में उसके सामने मैं अपने-आपको ऐसी नाचीज-सी मालूम हुई कि सौ रुपये के नोट को मैंने बैठती आवाज से लौटाना चाहा। मैंने कहा था—'मैं तो आपकी कोई खिदमत कर नहीं पाई और ये सौ रुपये भी बहुत हैं।—पर उसने हँसकर टाल दिया।'

पज्जन साँस लेने के लिए रुक गई। सुननेवाली औरतें साँस रोककर उसके आगे कहने की प्रतीक्षा कर रही थीं।

'मैंने हिम्मत करके पूछा,' पज्जन ने फिर कहना शुरू किया, 'तब मुझे ले आने की ही क्या जरूरत थी, इतना तो बता ही दीजिए?—मैंने जिद की—नहीं तो रुपये नहीं लूँगी। लेकिन मुझे हिम्मत नहीं रही। उसके चेहरे से हँसी गायब हो गई थी, उस वक्त की तरह जब वह तसवीर खींच रहा था। उसने नौकर को बुलाकर गाड़ी ले आने के लिए कहा। हम दोनों आमने-सामने चुप बैठे रहे। वह मूरत की तरह बैठा रहा। एक खूबसूरत मूरत की तरह—बेजान, आँखें खुली हुई थीं, पर जैसे देख कुछ भी नहीं रहा था। अगर थोड़ी देर तक नौकर नहीं आता तो मैं चीख उठती। जाड़े की रात में मेरी देह पसीने सें लथपथ हो गई। लेकिन तभी गाड़ी के आ जाने की खबर नौकर ने दी थी। और मैं जरा-सा हाथ उठाकर बाहर निकल आई थी।'

पज्जन ने पास रखे हुए तौलिये से अपना मुँह पोंछ लिया—उसे पसीना हो आया था। कुछ ठहरकर फिर बोली :

'उसने लौटते वक्त नौकर को अलग बुलाकर पाँच रुपये देकर पूछा था। उसने बतलाया था कि वह बहुत अमीर थे। तसवीर बनाने के बड़े शौकीन थे और अपनी बीवी को जिन्हें हद से ज्यादा मुहब्बत करते थे, साथ में लेकर दुनिया में इधर-उधर घूमते रहना और तसवीरें बनाना, यही उनका काम था। बीवी चार साल पहले बच्चे की पैदाइश में मर गई थी। तब से यह दुनिया से एकदम कटे-से रहते थे। लेकिन नौकर ने बतलाया था, उसने अब जाकर कुछ समझा था। वह तसवीरें बनाने से अपने को रोक नहीं सकते। महीनों के बाद कभी किसी दिन बैठकर तसवीर बनाने के सामान इकट्ठा करते थे, फिर उन्हें बिखेर देते थे। और फिर ठीक करते थे। तभी कोई-न-कोई औरत भी आती थी। वह अब जान गया था कि उसने पहले जो समझा था, वह गलत था। उसके मालिक जिन्दगी अकेले गुजार दे सकते थे, लेकिन तसवीर बनाने के वक्त साथ के लिए बेअख्तियार हो जाते होंगे। एक बात और उसने देखी थी, जब कभी ऐसा मौका आता था तो मालिक अक्सर कई रातें घूमने के बाद ही किसी को ले आते थे। और उसने देखा था, कि वे औरतें थोड़ा-बहुत जरूर उनकी बीवी से मिलती-जुलती-सी रहती थीं। वह और कुछ जानता नहीं था।'

पज्जन चुप हो गई थी। सुननेवालों पर विषाद की छाया छा गई थी।

पगली घंटी

जेल में खूँख्वार कैदियों की संख्या बहुत अधिक बढ़ गई है। कुछ रोज पहले तक डाका, खून और दूसरे भयंकर अपराधों के लिए सजा भुगतनेवालों से यह जेल भरी हुई थी। अब राजनीतिक बन्दी भी आ गए हैं। काम इन लोगों ने भी वैसे ही किये हैं, लेकिन इनका उद्देश्य ऊँचा था। इन्हें दंड भी वैसे ही मिले हैं, इनके साथ व्यवहार भी करीब-करीब वैसा ही किया जाता है। किन्तु इन दोनों दलों में कितना बड़ा अन्तर है!

राजनीतिक बन्दी निर्भय आँखों से जेल के अफसरों को गुरेरते हैं, सिर ऊँचा किये चलते हैं—पिंजरे में बन्द होने पर भी शेरों ने हार नहीं मानी है। दूसरी श्रेणी के कैदी भूखे भेड़ियों की तरह हैं—लाल-लाल आँखें, पर झुकी हुईं, मरने-मारने को तैयार और एक डाँट सुनते ही खीसें निपोड़ देते।

आजकल पुराने कैदियों की तरफ से जेल के अधिकारियों का ध्यान हट गया है। उन्हें राजनीतिक बन्दियों पर ही अपनी सारी अक्ल लगानी पड़ती है। जो सजायाफ्ता कैदी अपने व्यवहार से जेल के अधिकारियों के विश्वास-भाजन हो गए हैं, उन्हें राजनीतिक बन्दियों के षड्यंत्रों की टोह में रहना पड़ता है।

अभी तीन रोज पहले की बात है, एक आजन्म कारावास की सजा पाए हुए ऐसे कैदी ने प्रसिद्ध क्रान्तिकारी गांगुली और उसके साथियों को आधी रात के समय जेल की चहारदीवारी तड़पने के समय पकड़वा दिया था। उसे पहले से ही कुछ भनक मिल गई थी और उसने ऐन मौके पर अधिकारियों तक खबर पहुँचाकर गांगुली और उसके साथियों की सारी योजना मिट्टी में मिला दी थी। आजकल कैदियों के इस वर्ग में इसी बात की चर्चा थी कि उनके उस साथी की सजा सरकार कब घटाती है।

सो, 'बन्दियों', और 'कैदियों' में मनमुटाव हो गया है। राजनीतिक बन्दी उन कैदियों को घृणा और सन्देह की दृष्टि से देखते हैं। दूसरी ओर कैदियों की यही कोशिश रहती है कि बन्दियों के बारे में झूठ-सच खबरें पहुँचाकर जेल के अधिकारियों के कृपा-भाजन बनें।

इनमें सबसे ज्यादा खुराफात करनेवाला किशुन था। उसे डाका डालने और कत्ल करने के लिए दस साल की सजा मिली थी। कल तक समूची जेल उससे थर-थर काँपती थी। आज वह जेल के अधिकारियों का अपना आदमी बन गया है। मालूम पड़ता है, उसके पास बीड़ियों का अच्छा-खासा स्टॉक हमेशा बना रहता है, एक तरह से वह दूसरे सभी कैदियों का सरदार ही बन बैठा है। नियम के अनुसार उससे परिश्रम के काम कराए जाने चाहिए, लेकिन इन दिनों वह जंगल में मंगल मना रहा है। जो अब तक पीड़ित रहा है, उसे, अधिकारी की छाया मात्र प्राप्त कर लेने के बाद, दूसरों को सताने में एक विचित्र सन्तोष मिलता है। जेल के सबसे ज्यादा बदनाम अफसरों से भी वह एक कदम आगे रहता है।

आधी रात का वक्त। एक-एक घंटे पर चौंककर जग-से उठनेवाले घड़ियाल के अलावा जेल के चारों ओर का वातावरण बिलकुल स्तब्ध था। अभी एक का घंटा बजने में काफी देर थी। जेल के पश्चिमी कोने की दीवार के इधर ही कुछ लोग एक-एक करके इकट्ठे हो रहे थे। चारों ओर

ठोस अन्धकार छाया हुआ था। मालूम होता था, जैसे अन्धकार के टुकड़े ही अन्धकार की सम्पूर्णता से अलग हो-होकर इधर-उधर चलने लगे थे और फिर अन्धकार में ही विलीन हो जाते थे।

कुछ दूर पर एक पेड़ के पीछे छिपा हुआ अन्धकार का टुकड़ा जल उठा। बीड़ी जोर के कश से अंगारे की तरह चमकी और ऐंठे हुए होंठ की रूप-रेखा झलक गई। किशुन कुछ देर तक खड़ा रहा। फिर दीवार के पास खड़ी आकृतियाँ पीछे घूमकर देखने लगीं—जुगनू की तरह, पर और ज्यादा तीखेपन के साथ, चमक-चमक उठनेवाला स्फुलिंग उनकी ओर ही बढ़ रहा था।

किशुन दीवार के बिलकुल पास चला आया। उसने समीप से उन छाया-आकृतियों को पहचानते हुए व्यक्ति विशेष को लक्ष्य करते हुए व्यंग्य से कहा, 'नमस्ते, सरदार साहब! हम भी कुछ मदद कर सकते हैं क्या?'

'हाँ-हाँ, क्यों नहीं!' उस व्यक्ति ने कठोरता और गम्भीरता से तने हुए शब्दों में कहा, 'तुम जाकर सुपरिंटेंडेंट साहब को खबर तो कर ही सकते हो कि हम जेल की दीवार लाँघकर भाग निकलने की कोशिश में लगे हुए हैं!'

'अच्छा, सरदार, अगर मैं कहूँ कि मैं भी आप लोगों के साथ हूँ, तो आप क्या कहेंगे? मैं भी आपके साथ भाग निकलना चाहता हूँ!'

'क्यों, तुम क्यों भागना चाहते हो? यहाँ क्या कमी है?'

'सरदार साहब, खैर, जाने भी दीजिए। इजाजत तो है न?'

और किशुन ने पहली बार में ही धोतियों की बनी वह रस्सी ऊपर तक फेंक दी, जिसके लिए बाबू लोग कई बार प्रयत्न कर चुके थे।

फिर किशुन छिपकली की तरह, कुछ दीवार के सहारे, कुछ रस्सी का आधार लेकर ऊपर तक चढ़ गया। ऊपर रस्सी ठीक से बाँधकर वह नीचे उतरा और बोला, 'सरदार, आप चढ़ चलिए ऊपर, मैं सहारा देता हूँ।'

सरदार ने किशुन की ओर देखा। उसने सिर हिला दिया और रस्सी का निचला छोर थामकर खड़ा हो गया। 'जल्दी कीजिए,' उसने कहा और चौंककर

दूर तक देखने की कोशिश करने लगा। सरदार ने भी उधर घूमकर देखा। एक घूरती हुई रोशनी नजदीक, बहुत नजदीक चली आ रही थी।

'पास में कुछ है तो, सरदार?' किशुन ने पूछा। फिर कहा, 'अब सोचिए मत, भागिए, भागिए!'

रोशनी तेजी के साथ बहुत पास तक चली आई थी। किशुन ने बढ़कर पहला वार किया : धाँय...चीख...धाँय! किशुन और वार्डर साथ-साथ जमीन पर गिरे। दूर पर शोरगुल होने लगा था। सरदार किशुन की तरफ बढ़े। किशुन ने रोकते हुए सिर्फ इतना ही कहा, 'भागिए, भागिए! मैं तो आजाद हो ही गया। जय हिन्द!'

और सहसा शान्ति और अन्धकार को चीरती हुई पगली घंटी बजने लगी।

लल्लू की आजादी

कई रोज से फिटन पर लाउडस्पीकर के सहारे गरजते हुए कुछ लोग शहर का चक्कर लगा रहे थे। धीरे-धीरे उनका सन्देश छनकर शहर के कोने-कोने तक पहुँच गया। पन्द्रह तारीख को आजादी मिल जाएगी, यह बच्चे तक जान गए हैं। शहर के इस कोने में मोटर, बग्घी, ताँगे शायद ही कभी आते हैं। लेकिन आजादी का अग्रदूत फिटन एक दिन भूला-भटका इधर भी आ निकला था। बहुत सोच-विचार के बाद अब बात कुछ समझ में आने लगी थी।

नथुनी मजदूरों के जिस मुहल्ले में रहता है, वहाँ समझदारी और बेवकूफी की अजीब मिलावट है। वहाँ सरमायेदारों की चर्चा होती है, प्रॉविडेंट फंड की दर पर बहस होती है। संक्षेप में अर्थशास्त्र की गम्भीर समस्याओं पर अनजाने, अलग ढंग से अक्ल और काम की बातें हुआ करती हैं। यह जरा अजीब-सी बात मालूम होती है कि आजादी के मुतल्लिक इन लोगों के खयाल इतने उलझे हुए से हैं! और जब आजादी का मतलब ही कोई ठीक-ठीक न समझे तो इसके बारे में जोश-खरोश की उम्मीद ही कैसे की जा सकती है?

अब यही समझ लीजिए कि नथुनी का कहना है कि आजादी का मतलब यह है कि पन्द्रह तारीख के बाद गौरी कॉटन मिल, जिसमें वह काम करता है, उसकी और उसके साथियों की हो जाएगी। वह नातजुर्बेकार जवान है। उसने कुछ अपने जैसे पढ़े-लिखे नौजवानों की तकरीरें सुनी हैं और दो-दो छै के हिसाब से उसने बहुत कुछ उलटा-सीधा समझ लिया है। उसके कुछ बुजुर्ग भाग्यवादी हैं और उनसे कम उम्रवाले समाजवादी; इनका कहना यही है कि होने के लिए आजादी हो जाएगी, लेकिन फिर भी कुछ होगा-वोगा नहीं। और यह नथुनी है कि उसे पूरा विश्वास है, कल से दुनिया बदलकर रहेगी। आजादी के मानी है—अपना राज। अपने राज में मिल दूसरों की क्यों रहेगी, कैसे रहेगी? उसे इस बात पर खीज होती है कि उसके वे साथी, जो हड़ताल करने के वक्त क्या करने को तैयार नहीं हो जाते, आज क्यों इस तरह हाथ-पर-हाथ धरे बैठे हैं?

उसने देखा है कि शहर में दर्जी और रँगरेज की दुकानों पर आजकल एक ही काम हो रहा है—झंडों की सिलाई-रँगाई। उसे सन् बयालीस के वे दिन याद आ जाते हैं, जब उसने इस झंडे के पीछे-पीछे चलनेवाली भीड़ के साथ रास्ते के एक बिजली के खम्भे को तोड़ गिराने के लिए नाकामयाब कोशिश की थी और दो-तीन हफ्ते के लिए जेल भी हो आया था। उस वक्त उसे आजादी के बारे में जो कुछ बतलाया गया था, वह आज भी उसके दिमाग में चमक उठता है। उसने झंडा खरीद लिया है। लल्लू और उसकी माँ को तमाशा दिखाने का वादा भी किया है।

उसका उत्साह बढ़ता ही जा रहा है। इधर दो-तीन दिनों से वह काम पर नहीं जा रहा था। आजाद पार्क में तैयारियाँ हो रही हैं। वह स्वयंसेवक बनकर काम कर रहा है। बहुत गिड़गिड़ाने पर उसे काम करने की इजाजत मिली है, हालाँकि वह यह नहीं समझ पाया था कि उसके सहयोग से लोगों को इनकार क्यों था, जबकि सन् बयालीस में गँवार और मजदूर होने के बावजूद उसकी इतनी कद्र थी!

कल आजादी का सुनहला दिन है। नथुनी आजादी की हवा में साँस ले रहा था। वह आजाद है। कल से काले-गोरे का, अमीर-गरीब का, मालिक-मजदूर का भेद नहीं रहेगा। उसे अपने साथियों पर तरस आता है। शहर में इतना उत्साह है कि अब तो उसके बहुत-से साथी उसकी बात को ही ठीक मानने लग गए हैं। उसे अपनी दूरन्देशी पर फख्र है। अपनी देश-सेवा का गर्व है। अपने उज्ज्वल भविष्य पर विश्वास है।

लेकिन घर पहुँचने पर वह तनिक परेशान-सा हो गया। लल्लू की तबीयत कुछ खराब थी। पहले वह समझा, यों ही बुखार होगा, पर दो-चार घंटों में ही बच्चे की हालत बहुत बिगड़ गई। तेज बुखार, साँस लेने में ऐसी तकलीफ कि उसकी आँखों से आँसू निकल आए। गली के होमियोपैथ ने बताया, बच्चे को डिफ्थीरिया हो गया है, उसे तुरन्त ही अस्पताल ले जाना चाहिए।

नथुनी घबराया हुआ बड़े अस्पताल पहुँचा। वहाँ की हालत वह देख चुका था। वहाँ लोग कैसे भर्ती हो सकते हैं, इसका रहस्य वह जानता था। इमरजेंसी वार्ड में पहुँचकर वह हिम्मत हार गया। उसकी बातें सुनने की किसे फुर्सत थी—वह माँ की गोद में टँगे लल्लू को देखता और डाक्टर के पास दौड़ता और फिर वापस आ जाता। पत्थर के देवता शायद पुकार सुन भी लेते हों, पर कान और दिलवाले डाक्टर उसे मिले ही नहीं।

लेकिन अचानक ही नथुनी की सारी निराशा जाती रही। पोर्टिको में एक जानी हुई मोटर गाड़ी आई। उसमें से वे ही महाशय जी निकले, जिनकी देखरेख में वह आजाद पार्क में काम कर रहा था। उसने सामने जा झुककर नमस्ते किया तो वे निचला होंठ हिलाकर सीधे इमरजेंसी वार्ड में दाखिल हो रहे।

जिस डाक्टर ने बार-बार आरजू करने पर उसके बच्चे को देखना कबूल कर लिया था, उसे साथ में लेकर महाशय जी सीधे ऊपर चले गए।

और जब तक वे लौटकर वापस आए, लल्लू को पूरी आजादी मिल चुकी थी—हमेशा के लिए।

नथुनी बाहर निकला तो एक बड़ा जुलूस रास्ते से गुजर रहा था। सभी आजाद पार्क की तरफ जा रहे थे। मालूम होता था, सारा नगर नदी की तरह एक ही दिशा में प्रवाहित हो रहा था।

केवल दो प्राणी धारा के विपरीत बढ़ने की कोशिश कर रहे थे। एक के हाथ में कपड़े में लिपटा हुआ कुछ पड़ा था।

मुखबिर

तारक मुखबिर बन गया था। मुझे जब एक दिन उसने गुप्त क्रान्तिकारी दल के बारे में कुछ बातें बताई थीं, तो मैंने माँ के बक्से से चुराकर उसे कुछ रुपये दिये थे। तब वह कितना ऊँचा उठ गया था मेरी निगाह में! उसकी महानता की परछाईं मैं अपने पर भी पाकर गर्व से भर उठा था, यहाँ तक कि माता-पिता के रुपये-पैसे चुराने की आदत न रहने पर भी मैंने जो पहली बार चोरी की थी, उसका मुझे तनिक भी पछतावा नहीं हुआ था।

मेरे लिए यह बड़ी बात थी कि ग्यारहवीं जमात का छात्र और वह भी तारक, जो क्रान्तिकारी था, नवीं जमात के मुझ जैसे दब्बू लड़के को अपने रहस्य का साझीदार बनाए। यों तो स्कूल के सभी लड़के सन्देह करने लगे थे कि तारक क्रान्तिकारी हो गया था, लेकिन किसी को उसने साफ-साफ कुछ बताया नहीं था। बिखरे बाल, चढ़ी आँखें, क्लास से गायब रहना, कुछ सफेदपोश सी.आई.डी. वालों के द्वारा उसके बारे में पूछताछ होना—ये ही कारण थे कि हम सन्देह करते थे कि वह क्रान्तिकारी हो गया है। सी.आई.डी. वालों में से दो को तो मैं पहचानता भी था और मैंने

रमेश को बताया था और उसने जाने कितने दूसरों को। मेरे पिता सरकारी वकील थे न, और उनके यहाँ वे कभी-कभी मुझे दीख पड़ते थे।

तारक क्रान्तिकारी है, मैं जान चुका था। दूसरे लड़कों का सन्देह भी निश्चय में बदलने लगा था, कि एक दिन शहर में बिजली की तरह खबर फैल गई थी कि रात में नदी के पार बम फूटा था, कई क्रान्तिकारी घायल हुए थे और चार-पाँच युवकों के साथ तारक भी गिरफ्तार हुआ था। और कुछ ही दिनों बाद यह भी खबर छपी थी कि तारक मुखबिर हो गया था। उस दिन, उसके प्रति मेरे मन में जो श्रद्धा थी, उसके उलट अनुपात में घृणा उत्पन्न हुई थी।

एक दिन वह सी.आई.डी. और पुलिस के कई उच्च अधिकारियों से घिरा पिताजी के पास आया था। मैंने उसे पुलिस की गाड़ी से उतरते देखा था। उसकी नजर मुझ पर पड़ी थी। उसकी आँखें नीची हो गई थीं। मैंने अपनी आँखें घृणा से फेर ली थीं।

मैंने पिताजी के ऑफिस के दरवाजे के पीछे खड़े होकर बहुत देर तक उनकी बातें सुनी थीं, जिनमें समझ में कम ही आई थीं। दो बातें साफ-साफ समझ में आ गई थीं और आज भी याद हैं। पहली यह कि तारक को कुछ बातें जैसे रटाई जा रही थीं और वह उन्हें दुहराने में गलतियाँ कर-कर बैठता था और उसे डाँट भी पड़ती थी।

दूसरी बात यह कि वह बार-बार जैसे इस बात पर जोर दे रहा था कि उसने पुलिसवालों की मार सही, प्रलोभनों को ठुकराया लेकिन मुखबिर बनने को इन कारणों से तैयार नहीं हुआ। जेल में रात के वक्त उसे मच्छर इस कदर काटते थे कि उससे सहा न गया, और यही कारण था कि वह मुखबिर बन गया। मैंने उसे सिसकते, पुलिसवालों को ठहाका मारते और फिर पिताजी को कुछ और पूछते सुना था। मैं पुलिसवालों और पिताजी से अधिक उसके प्रति घृणा से भर गया था। कायर! क्रान्तिकारी बनने चला था! मच्छरों के काटने से हिम्मत हार गया!

मैं तब नौवीं जमात का विद्यार्थी था।

मैंने तारक के प्रति अपनी सारी घृणा मथुरा दादा के सामने प्रकट की थी। माँ समझती नहीं, पिताजी से कुछ कहने की बात ही नहीं उठती थी। यह मथुरा दादा ही थे, जिनसे मैं मन की बातें कह सकता था।

मथुरा दादा पिताजी से बड़े थे। फौज के जमादार रह चुके थे। तनिक दूर के सम्बन्धी थे किन्तु पिताजी उनका आदर करते थे। अब वे पेंशन पाते थे और ज्यादातर घर पर ही रहकर खेती-बाड़ी की देखरेख करते थे। पिताजी की खेती-बाड़ी भी वे ही देखते थे। वे अक्सर मामले-मुकदमे की बाबत सलाह-मशविरा करने पिताजी के पास आते थे और मुझे अपने फौजी जीवन की कहानियाँ सुनाया करते थे। उनकी बहादुरी की कहानियाँ सुनकर मेरे रोएँ खड़े हो जाते थे। मैं यही सोचता—काश, इन्होंने अंग्रेजों की सेवा में बहादुरी दिखाने के बदले देश-सेवा के कामों में दिखाई होती! फिर भी वह बहुत पहले की, पहले महायुद्ध की बात थी। इसलिए मैं उनका अपराध भूलकर, उनकी बहादुरी की कहानियाँ सुना करता था।

उन्हें विक्टोरिया क्रॉस का दुर्लभ सम्मान प्राप्त हुआ था। उसे एक बार वे खास तौर से मुझे दिखाने लाए थे। वे उसे बड़ी हिफाजत से रखते थे और खास मौकों पर पहनते थे। उनसे तारक की कायरता बयान कर मुझे बड़ा सन्तोष हुआ—कहाँ वे और कहाँ यह कायर तारक! लेकिन मुझे बड़ा आश्चर्य हुआ जब उन्होंने, मेरी आशा के प्रतिकूल, तारक के प्रति घृणा प्रकट करने के बदले, सहानुभूति के साथ कहा, 'बेचारा!'

'तारक को आप बेचारा कहते हैं, आप जो खुद ऐसे बहादुर हैं?' मैंने पूछा।

मथुरा दादा ने तब एक विचित्र दार्शनिकता के साथ कहा था, 'देखो बेटा, बहादुरी और कायरता में कोई ज्यादा फर्क नहीं है। कभी-कभी एक बड़ी पतली लकीर भर दोनों को अलग करती है। मैं तो समझता हूँ, वह लड़का

कम बहादुर नहीं है। उसने मार सही। उसे लालच दिया गया और वह डिगा नहीं। बहादुरी इसे नहीं, तो कहेंगे किसे?'

'मच्छरों से हार जाने को!' मैंने असहिष्णु व्यंग्य के साथ कहा था। ये शब्द रहे हों या नहीं!

इस पर मथुरा दादा ने बड़े स्नेह से मुझे समझाते हुए कहा था, 'तारक से घृणा करो, यह मैं तुमसे कभी न कहूँगा। आओ, आज तुम्हें मैं एक बहादुरी की कहानी सुनाऊँ। शायद तुम मेरी बात तब कुछ समझ सको!

'मैंने लड़ाई में बड़े-बड़े जवाँमर्दों को भीगी बिल्ली बनते देखा था और खून का रंग देखकर बेहोश हो जानेवाले नामर्दों को गोलियों की बौछार में जाकर अपने दोस्त को मौत के मुँह से खींच लाते भी। एक विक्टोरिया क्रॉस पानेवाले जवाँमर्द की कहानी सुनो। मैंने उसे काँपते, घिघियाते देखा था, जब वह एक टुकड़ी के साथ दुश्मनों के मोर्चे पर घुप्प अँधियारे में छापा मारने को भेजा जा रहा था। मुझे मालूम है, उसकी बन्दूक से गोली तक नहीं चली थी लेकिन उस टुकड़ी में अकेला वही बचा पाया गया था। जब दुश्मन की टुकड़ी का सफाया हो गया था और सुबह हम वहाँ पहुँचे थे, कप्तान ने उसकी खूब पीठ ठोंकी थी और हमने उसे कन्धों पर उठा लिया था। पीछे उसे विक्टोरिया क्रॉस भी मिला था!'

'आपसे उसने यह कबूल कैसे किया होगा?'

मेरे पूछने पर उन्होंने आँखों से आँखें न मिलाते हुए उत्तर दिया था, 'जिन्दगी में मैं पहली बार तुम्हारे सामने कबूल कर रहा हूँ। मैं ही वह बहादुर हूँ!'

मैं हतप्रभ, मौन बैठ रहा।

मथुरा दादा ने फिर कहा, 'इसीलिए मैं कहता हूँ, बहादुरी और कायरता, सच और झूठ, अच्छे और बुरे के बारे में झटपट फैसला नहीं दे डालना चाहिए। मैंने लड़ाई में देखा था, इनमें भेद नहीं है। थोड़ा संयोग, थोड़ा देखने की नजर, थोड़ा मौके पर आपका कुछ हो जाना और कोई

बहादुरी कर गुजरता है, तो किसी के माथे पर कायरता के कलंक का टीका लग जाता है।'

मैं सोचता हूँ तो सच यह पाता हूँ कि उस दिन मेरा सन्तुलन चाहे जितना डिगा हो, मैं तारक को क्षम्य मानने को तैयार नहीं हुआ था। लेकिन आज जब मैंने जीवन से अनगिनत समझौते कर लिये हैं, तो सहज ही लगता है कि मथुरा दादा ने उस दिन अनायास ही एक बहुत बड़े असत्य को चीरकर मुझे सत्य की झाँकी दिखाई थी।

निःसंगता

धीरेन का ताँगा कुछ फासले पर ही था, तभी घंटी के टन-टन-टनन के साथ रेल की गुमटी का फाटक गिर गया। धीरेन का होटल, उधर, पास में ही था, इसीलिए वह ताँगेवाले को पैसे देकर आदमियों के लिए बने छोटे रास्ते से पैदल लाइन लाँघते हुए चला। दूसरी ओर निकलने के पहले दूर से प्रदोष के अन्धकार को बेधती सर्चलाइट के प्रकाश से थाम लिया गया-सा वह फाटक के पास ठिठक गया। पैरों के नीचे काली पत्थर की ईंटों का फर्श धड़क रहा था। लोहे की ठंडी, निर्जीव लाइनें आत्मयंत्रणा की आशा में उछल-सी रही थीं। मेल की आवाज उससे आगे दौड़ी आ रही थी, फिर डिब्बों की पतली, धूसर कतार। धीरेन के हृदय का स्पन्दन प्रतिध्वनित हो उठा। प्रेरणा पाने के लिए वह रुक रहा, जब तक मेल आँधी के एक झोंके की तरह बगल से निकल न गई। सब व्यर्थ ही व्यर्थ था।

कल वह रास्ते में बिजली के एक सब-स्टेशन के अन्दर भी घुस गया था। अन्दर कुछ मरम्मत हो रही थी। दरवाजा खुला था। वह पाँच मिनटों तक उस सीमेंट और लोहे के छोटे कमरे में स्तब्ध खड़ा रहा था।

वह जिधर भीड़ देखता है, उधर से ही निकलता है। पर उसके जीवन की लय सबसे अलग है। उसकी देह सूरज जैसी है। उस देह में चाँद जैसी बर्फीली आत्मा है। समूह में उसका स्थान नहीं, अकेले में वह मृतप्राय है। अपने में पूर्ण होकर वह शून्य है।

उसने बार-बार सोचा है कि उसे कलकत्ता जाकर अपनी साइको-एनालिसिस करानी चाहिए। और वह बार-बार मुस्कुराया है। इस वक्त भी धीरेन इसी खयाल पर मुस्कुराता हुआ होटल की ओर जा रहा था।

उसने एक दूसरे प्रयोग के बारे में भी सोचा है। कॉलेज की जिन्दगी के मित्रों की तरह अपने जीवन को भी समेट लेना चाहिए उसे भी...? रमेश था जो रात के अड्डों के बारे में प्रमाण समझा जाता था। वह अब दारोगा है। उसके दो बच्चे हैं। ठर्रे और खट्टी नीरा से लेकर चंडू तक का अभ्यास रखनेवाले ललित से मिलने पर जब धीरेन ने कुछ पीने के लिए रीगल के बार में चलने का प्रस्ताव किया था, तो उसे निराश होना पड़ा था।

पिकासो को पीछे छोड़नेवाले प्रयोगों का व्यवहार करनेवाला बेचारा सुरेश किसी बड़ी फर्म के विज्ञापनों के लिए तसवीरें बनाया करता है।

उग्र समाजवादी किशोर भी उसी फर्म में किरानी है। उसने कहा था कि मैनेजर साहब ने उससे साफ कह दिया था—भाई, ऑफिस के बाद तुम्हारे राजनीतिक कार्यों में हम दखलअन्दाजी नहीं करना चाहते।

और, यह एक धीरेन है, जिसे दोस्त महत्त्वाकांक्षाओं से हीन, निष्फल व्यक्ति कहा करते थे, कि मारा-मारा फिर रहा है।

धीरेन ने होटल के अपने कमरे में आकर खाना खाया। फिर रात के कपड़े पहनकर प्रतीक्षा करने लगा। उसकी प्रतीक्षा में कोई उद्वेग न था।

मेज पर से उसने एक किताब ले ली थी। उसे लगातार काफी देर तक वह अपनी आँखों के सामने रखता था। पर किताब के पन्ने उसने एक बार भी नहीं उलटे। आरामकुर्सी पर वह इस तरह देह-मन से बिखरा हुआ था, जैसे उसको बनाए रखनेवाले परमाणु धीरे-धीरे अलग होते जा रहे हों! उसकी इस अचेष्ट निष्क्रियता में रह-रहकर जो एक बाधा पहुँचती थी, वह तब, जब उसे अपनी सिगरेट जलानी पड़ती थी। दस बजे के बाद जैसे उसने अपने को फिर समेटना शुरू किया। घंटी बजाकर उसने एक बोतल व्हिस्की और सोडा-बर्फ के लिए ब्वाय को ऑर्डर भी दिया। वह आरामकुर्सी पर वैसे ही लेटा रहा। वह अनुभव कर रहा था, अभी-अभी जो वह खंड-खंड होकर मीलों तक पानी की तरह फैला हुआ था, फिर कुछ इंचों में ठोस एकत्रित हुआ जा रहा है। पहले वह रोशनी था। अब वह बैटरी है।

अब भी वह निष्क्रिय लेटा हुआ था, इसलिए नहीं कि वह दूसरा कुछ कर ही नहीं सकता था। पहले नहीं कर सकता था इसलिए नहीं करता था, न करना चाहता ही था। अब कर सकता था, पर करता नहीं था, क्योंकि करे क्या?

वह जिन्दगी से बढ़कर किसी चीज को नहीं मानता : किसी आदर्श को नहीं, किसी पुरुष को नहीं, किसी नारी को नहीं। और इसीलिए वह सुन्दर, उदार, सहृदय, सम्पन्न होकर भी दुनिया की योजना में स्थान नहीं पा सकता। उसने राजनीति, दर्शन, साहित्य के विभिन्न मतों का गहरा अध्ययन किया है। पर उसने बहुत पहले ही जो अनुभव किया था कि जिन्दगी दुनिया में सबसे बड़ी चीज है और जीना सबसे सुन्दर एकमात्र काम, यही वह आज भी समझ पाता है। उसने अपने को झकझोरा है। अपनी चेतना को धक्के दिये हैं। वह भीड़ में घुसता था तो वह जैसे उसे रास्ता देने के लिए छँट जाती थी। साधु-संत उसके सामने पत्थर-सा

चेहरा बना लेते हैं। चोर, बदमाश, डरे हुए बगल से कतराकर निकल जाते हैं। उसने कल एक प्रयोग किया था। वह दिल्ली के नये चावड़ी बाजार में घंटे भर तक चक्कर काटता रहा। उसके पास एक भी टाउट नहीं फटका था।

धीरेन ने घड़ी की ओर देखा। अभी ग्यारह ही बजे थे। वह आरामकुर्सी पर और आराम से फैल गया। उसने होटल के ब्वाय से कल एक खूबसूरत लड़की ले आने के लिए कहा था। वह उसी की प्रतीक्षा कर रहा था।

इस प्रतीक्षा में व्यग्रता न थी। यह धीरेन के स्वभाव के अनुकूल ही था। वह दुनिया में इतने दिनों तक जी चुका है। स्कूल-कॉलेज में पढ़ा है, फिर भी, फिर भी, उसे याद नहीं, उसने कभी खुद किसी के साथ किसी तरह का सम्बन्ध स्थापित करने की चेष्टा की हो। औरों ने कभी उसकी ओर आकर्षण दिखाया भी तो उन्हें निराश होना पड़ा! बस, कुछ इने-गिने रमेश-ललित वगैरह की तरह उसके लड़कपन के दोस्त थे, जिन्होंने उसे प्रारम्भ से ही जाना था और जब तक साथ पढ़ते थे, उससे सम्बन्ध निभाया था। पर वे भी उसके जीवन के ताने-बाने में मिल नहीं पाए थे। बाढ़ की नदी कभी फैलकर इधर-उधर की सूखी भूमि पर भी एक बार बहने लग जा सकती है, पर उसे वहाँ से जैसे निराश होकर अपने निश्चित मार्ग को लौट जाना पड़ता है। धीरेन को लोगों ने अपनाने की चेष्टा की है, पर उसने क्या कभी आ जाने पर किसी का स्वागत किया, या लौटने के समय बाधा दी? और अब जब रमेश और ललित वगैरह भी अपने-अपने निश्चित मार्ग पर दूर बढ़ गए हैं, उसकी दुनिया से कहाँ टक्कर है?

कल इसीलिए एक लड़की बुलवाई थी उसने कि देखे, कहीं उसे कुछ ऐसा मिल ही जाए, जिसे वह रोक रखना चाहे। और वह क्या जानता है कि अपने जीवन से किसी दूसरे के जीवन को लपेटने से जो परिवर्तन हो सकता

है, वह अच्छा नहीं लगेगा? वह क्या आज भी किसी तरह से किसी कष्ट में है? लेकिन वह जो ऊब-ऊब जाता है, उसे अपनी इस स्वयं-पूर्णता से, इन झमेलों की मदद से छुटकारा नहीं मिल जाएगा?

पर उसे कल निराश ही होना पड़ा था। आज भी उसे ही बुला लिया था वह, यों ही। कौन जानता है, उस लड़की में कुछ नहीं छिपा था, जो आज खुल ही जाए?

उसने देखा था और अनुभव किया था कि बेचारी वह लड़की बिस्तर पर छेड़छाड़ के बिना एक ओर छोड़ दी जाने पर कुछ अजीब घबराहट में पड़ी रही। पर वह क्या करता और? एक अजनबी औरत का जिस्म गोरा और सुडौल होने की वजह से ही क्या छूने लायक हो जा सकता है? उसने यह बहुत किया है, और वह देख चुका है कि वह इस तरह कहीं पहुँचने में सफल नहीं हो पाता। कुछ औरतें उसकी चेष्टाओं की व्यर्थता पर हँस दी थीं, कुछ ने विचित्र घृणासूचक दृष्टि से उसकी ओर देखा था, पर उसने सदैव पाया था कि वह ठंडी लाशें छू रहा है और वह अपने से अधिक बन्द होता गया था।

पुरुषों के साथ अपनी आत्मा को ऐंठकर एक कर दे सकने का कोई उपाय वह नहीं जान पाया है। पुरुषों के शरीर को वह घृणा से देखता है। उनकी आत्मा के लिए उसे कोई आकर्षण नहीं। औरतों की देह को वह दूर से देखता है और उसे दुनिया की सबसे सुन्दर चीज मानता है। वह पुरुष की चिपटी छाती में छिपे हृदय को आवश्यक यंत्र भर मान सका है, पर नारी के स्तनों के भीतर भी जिस वस्तु को हृदय ही कहा जाता है, उसमें उसने सम्भावना देखी है।

पर किसी नारी की सम्भावनाओं के अन्वेषण के लिए वह उसके पिता, भाई या पति के रास्ते चलने को कभी तैयार नहीं हुआ। इसीलिए वह इनमें ऐसों के पास पहुँचा है, जो सीधे प्रयोग के लिए लभ्य होती हैं। पर ऐसी औरतों

में उसने एक भारी त्रुटि पाई है। वे कुछ और के लिए ठहर नहीं सकतीं। वे उसके अध्ययन को, प्रयोगों को गलत समझ बैठती हैं। कुछ नहीं कहतीं, पर कुछ ने पूछ भी दिया है उससे कि वह मर्द है या नहीं? इसीलिए उसने ऐसी औरतों को बराबर रुपये देकर निर्विकार चित्त से, असफल पर धीर वैज्ञानिक की तरह, वापस भेज दिया है।

पर वह अभी प्रयोग करता जा रहा है और करता जाएगा।...उसकी चिन्ताधारा को भंग करते हुए दरवाजा खुल गया और वह लड़की अन्दर दाखिल हो गई। पर उसने आँखें उठाकर देखा—यह कल वाली लड़की नहीं है। पर यह और भी सुन्दर, उम्र में कम, संस्कारों में प्रौढ़, प्रयोग के लिए अधिक उपयुक्त जँची। उसने व्यर्थ में इस विषय में कुछ पूछना आवश्यक नहीं समझा, इसीलिए उसने उसे बिस्तरे की ओर इशारा कर बैठने को कहा और खुद पहले की तरह बैठा ही रहा।

लड़की ने तब कहना शुरू किया। उसे अफसोस था कि कल वाली लड़की को उसने आने से मना कर देने की गुस्ताखी की थी। पर उसे यकीन था, उससे भी काम चल सकेगा। वह होटल के प्रोपराइटर की लड़की थी। दूसरी लड़की होटल में आनेवाले लोगों की जरूरत के लिए थी और उसकी सहेली भी। वह कभी-कभी उसी के द्वारा आए इंटरेस्टिंग गेस्ट के बारे में जानकर उसके पास चली जाया करती थी। अगर तबीयत हो तो उसे ही वह जाकर भेज दे सकती थी, पर क्या वही ठहरने की इजाजत नहीं पा सकती?

उसने यह सब एक स्वर में ही कह डाला।

धीरेन चमत्कृत हो उठा। कुर्सी से उठकर हाथ मिलाया। कहा, यह तो उसकी खुशनसीबी थी।

धीरेन उस लड़की से देर तक बातें करता रहा, जैसे जाने कितने दिनों की प्रगाढ़ आत्मीयता हो उनमें!

धीरेन ने बातचीत से समझा, यह लड़की भी वही ढूँढ़ रही थी, जिस आधे खंड को वह इतने दिनों से खोज रहा था। वे एक-दूसरे पर सफलतापूर्वक प्रयोग कर सकते थे, इसकी उसे पूरी आशा हो गई।

धीरेन उस होटल में स्थायी रूप से रहने लगा था। होटल के प्रोपराइटर की लड़की उसके पास रोज रात में आती थी।

धीरेन में जो परिवर्तन हो रहे थे, वे इतने स्पष्ट थे कि होटल के निर्लिप्त ब्वाय भी इसकी चर्चा करने लग गए थे।

किरण : धीरेन की ममी

किरण को निमोनिया हो गया। और वह मर गई।

वह भागकर मसूरी चली आई थी। वह कितनी कमजोर हो गई थी! मसूरी में कैसी ठंड पड़ रही थी! जीना भी वह चाहती होगी क्या?

लेकिन आप कैसे कुछ कह सकते हैं? किरण को जानते भी हों, तो कैसे? किरण को पहचानना क्या आसान था? उसके पति उसे नहीं पहचान सके। उससे पहले उसके माता-पिता भी उसे कभी समझ नहीं सके। उसके साथ पढ़नेवाली कॉलेज की लड़कियों में से कोई भी क्या ठीक-ठीक समझ सकी थी उसे? और आप कह सकते हैं कि क्या खुद भी वह अपने को समझ पाई थी? हो सकता है कि ऐसा ही हो!

किरण जिन्दगी से समझौता करना कभी नहीं सीख सकी थी। 'हाँ' और 'ना' के बीच ठहरना वह नहीं जानती थी। अब यही देखिए, वह बीमार पड़ी रह सकती थी, लेकिन नहीं; वह तन्दुरुस्त न रही, तो एकाएक मर ही गई। लेकिन यह उसके स्वभाव पर जैसे किसी का किया हुआ मर्मान्तक व्यंग्य था। वह खुशी से मर नहीं सकी थी। नहीं तो किरण अपने आठ बरस के

धीरेन के सामने मरने के वक्त इस तरह रोती क्यों? किरण सचमुच ही किसी के मरने पर कभी रोई नहीं थी, इसलिए नहीं कि वह हृदयहीन थी, बल्कि इसलिए कि रोना हार मानना है। और किरण हार नहीं जानती थी। लेकिन इस दुनिया में किसका गर्व एक बार भी चूर नहीं होता? किरण ने एक बार ही हार मानी, और वह उसकी पहली और आखिरी हार थी। और उसका अभिमान जब टूटा तो वह खुद भी टूट गई।

लेकिन इस अभागिन किरण के बारे में आप कुछ गलत खयाल अपने मन में न बना लें। कुछ लोग ऐसे होते हैं, जिनका सारा जीवन एक अविच्छिन्न अभिनय होता है। वे दूसरों के सामने अभिनय करते हैं, और घर में भी। कुछ लोग ऐसे होते हैं, जो अभिनय तो जरूर करते हैं लेकिन दूसरों के सामने ही, बाहर ही। वे कुछ देर के लिए ही सही, नेपथ्य में, घर में आकर अपने अच्छे-बुरे रूप में आराम की साँस लेते हैं जरूर। पर किरण इन सबसे न्यारी थी। उसने, सच मानिए, जिन्दगी में अभिनय कभी नहीं किया, लोगों की नजर में उसने चाहे जो किया हो। लेकिन उसने अभिनय किया हो या नहीं, उसका जीवन तो एक नाटक होकर ही रहा—एक दुखान्त नाटक, जिसका एकमात्र दर्शक था आठ बरस का बच्चा धीरेन।

नर्स वहाँ नहीं थी, न डाक्टर। किरण रोती रही, रोती रही। और जैसे बड़ी तकलीफ हुई हो उसकी छाती में कहीं! लेकिन किरण हार भी गई थी तो अपने ढंग से। उसकी हार में आत्मसमर्पण का भाव न था। रोई वह खूब ही, लेकिन उसके मुँह से एक बार भी जो चीख निकली हो। सो, जब उसका हार्ट फेल हुआ, तो वहाँ न डाक्टर था, न नर्स। था तो कमरे में, दुनिया में अकेला धीरेन, जो किरण का बेटा था, कुछ-कुछ उसी की तरह खूबसूरत, और ठीक उसी के स्वभाव का।

धीरेन बैठा रहा। किरण मर चुकी थी। धीरेन अपनी आठ बरस की खोपड़ी में कम-से-कम सोलह साल का दिमाग रखता था। उसने तुरन्त समझ लिया

था कि उसकी माँ मर चुकी थी। पर वह बैठा रहा। वह जानता था कि ममी जो गई, तो फिर लौटने की नहीं। वह जितनी देर बैठा रह सके, बैठा रहे। कमरे का दरवाजा एक बार खुला, तो कमरे में अभी तक बन्द ममी सचमुच हमेशा के लिए चली जाएगी। धीरेन को लग रहा था, जैसे उसकी ममी अपनी बाँहें फैलाकर उसे जकड़ रही हो! उसका दम घुट रहा था। और उसे यह, जाने क्यों, इतना अच्छा लग रहा था।

धीरेन के मन में अचानक एक बात जाने कहाँ से आई : क्यों नहीं कभी ममी ने जीते-जी उसे इस तरह, इतना-सा प्यार किया? ममी इतनी अच्छी थी लेकिन वह क्यों उससे इतना कम बोलती थी? क्यों इस तरह प्यार नहीं करती थी, जिस तरह आज कर रही थी, कि उसका दम घुटा जा रहा था? वह ममी से हर वक्त कुछ चाहा करता था किन्तु कुछ समझ नहीं पाता था कि क्या चाहता था। क्या वह इसी तरह प्यार किया जाना ही चाहता रहा था? मसूरी की बर्फ भी पिघलती है। किरण भी रोई थी। धीरेन रो दिया।

और धीरेन ने महसूस किया, जैसे खीज और झल्लाहट के साथ ममी ने उसे अपने से दूर ढकेल दिया हो! अब धीरेन को वह इस तरह कलेजे से चिपकाए हुए नहीं थी कि उसकी साँस रुकने-रुकने को हो जाए, जिससे उसे इतनी राहत मिल रही थी। धीरेन के आँसू रुक गए। वह एकदम बिस्तर पर चिपटे हुए शव को देख रहा था। उसने ममी को नाराज कर दिया था। उससे गलती हुई थी। वह होंठों में कुछ बुदबुदा गया।

धीरेन कुर्सी से उठ खड़ा हुआ। उसके मुख से अस्फुट शब्द निकल रहे थे—'सॉरी, ममी, आई एम सॉरी!' उसका चेहरा स्याह पड़ गया था। वह इस तरह खड़ा था, जैसे कभी कोई शरारत कर गुजरने के बाद ममी के सामने खड़ा रह जाता था। ममी क्यों नहीं उसे डाँट-फटकार रही थी? ममी बेंत से उसकी खाल उधेड़ देती, फिर भी वह उफ तक न करता। लेकिन ममी यह सब करने ही क्यों लगी? धीरेन के अँधेरे दिमाग में जैसे कहीं से

धीमी रोशनी की एक लकीर चमक पड़ी। ममी ने यह सब किया ही कब? क्या एक बार भी उसकी ममी ने उसे डाँट लगाई थी? एक हलकी चपत भी क्या कभी उसने उसे लगाई थी? सबकी ममी तो करती थी, और फिर प्यार भी कितना! धीरेन एक परस्पर-विरोधी सवाल से उलझ रहा था। क्या ज्यादा डाँटनेवाला ही ज्यादा प्यार भी करता है?

ममी अभी सचमुच क्या मुस्कुरा रही थी? कितना कम मुस्कुराती थी, वह क्यों?

उस दिन कलकत्ता में उसने पड़ोस के मिस्टर लैंबर्ट के बँगले की एक खिड़की का शीशा तोड़ दिया था। एयर गन फेंककर बेयरा से गुलेल बनवाई थी न! लेकिन ममी ने शिकायत आने पर क्या किया था? उसकी भौंहें टेढ़ी हो गई थीं। कई दिनों तक बहुत कम बोलती रही। एक बार नाराज होने पर भी कितनी मुश्किल से पहले की तरह हो पाती थी!

धीरेन इतनी तकलीफ से गुजर रहा था। वह बाहर से पत्थर की मूरत की तरह हो गया। उसने अपने अन्दर आँधी बन्द कर रखी थी।

तभी उसने महसूस किया, जैसे ममी ने उसके सिर पर हाथ रख दिया हो! फिर उसकी ममी ने उसे अपनी छाती से इस तरह चिपका लिया कि जैसे उसकी साँस ही रुक गई हो!

धीरेन होश में आया, तो कुछ देर के लिए। होश आने पर भी उसकी नसों में खून बर्फ की तरह जमा ही रहा। वह अपनी ममी की ओर देख रहा था। यह ममी की लाश थी। इसे लोग जला देंगे। ममी मर गई थी। ममी को लोग जला देंगे। उसने कभी किसी से सुना था कि बहुत देर तक रखे रहने से लाश सड़ जाती है। लाश जला देनी ही चाहिए।

धीरेन के जिस्म में ताकत लौट रही थी। वह खड़ा हो गया। उसने पैर के पास पड़ी उस चादर को अपनी ममी के गले तक फैला दिया। उसे उसका सिर भी ढक देना चाहिए था, यह बात उसे मालूम न थी।

वह बाहर से नर्स को बुलाने को चला। दरवाजे पर पहुँचकर उसने फिर एक बार उधर मुड़कर देखा, जिधर पलंग था। और वह ठिठक गया। वह पीछे की ओर मुड़ा।

उसके दिमाग में कोई एक बात चक्कर लगा रही थी। वह उसे अब तक पकड़ नहीं पाया था। तभी तो बाहर जाने के लिए तैयार होने पर भी उसके पैर नहीं उठ रहे थे। धीरेन उन बच्चों में से था, जिनके सोचने और करने के बीच हिचक नहीं होती। किरण का ही तो बेटा था। सो, उसे खुद ताज्जुब हो रहा था कि अब वह क्यों, किसलिए कमरे में रुका हुआ था? ममी ने उसे उतना-सा प्यार कर लिया था, जिसके लिए वह आज तक तरसता रहा था। ममी मर गई थी, तो क्या? उसने जीते-जी उसे प्यार नहीं किया था, लेकिन आज तो किया ही था। मरने के पहले, या बाद में, कब, इतना प्यार किया था उसंने? अरे, ममी कितना रोई थी आज उसका हाथ अपने हाथ में लेकर? और उसका हाथ अपने हाथ में लिये ही सो गई थी, और सोई-सोई ही मर गई होगी। धीरेन को मम्मी से अपनी आखिरी मुराद मिल गई थी। वह जान चुका था कि अब उसे ममी से कुछ मिलने वाला नहीं था। ममी दे सकती तो न देती क्या? पर वह अब रह ही कहाँ गई थी, जो उसे कुछ और दे पाती? और, सच ही तो, धीरेन को ही क्या रह गया था माँगना ममी से? जो उसने कभी नहीं पाया था, वह आज तो उसे मिल ही गया था।

पर नहीं, दरवाजा खोलते-खोलते धीरेन ने बात समझी थी। उसे कुछ पाना नहीं था, पर ममी को उसे कुछ देना तो रह ही गया था। ममी कितनी तकलीफ से इन्तजार करती रही होगी और देख रही होगी कि धीरू समझ नहीं पा रहा है कि वह क्या चाहती है। उसके होंठों से आवाज नहीं निकल रही थी, पर उसकी चाह को कैसे नहीं देख पाया था वह अब तक? कैसा बेवकूफ है वह भी!

ममी ने उसे इस तरह कभी प्यार नहीं किया था। क्यों नहीं किया था? और उसने कब ममी को प्यार किया था? उसी ने...कब? उसके दिल में क्या था, ममी ने कभी कैसे समझा होगा? क्या ममी के दिल में भी, आज से पहले भी, कुछ ऐसा ही ऐसा था? उसने ठीक-ठीक कभी समझा नहीं था, पर आज तो मालूम हो ही गया था। आज तो ममी ने अपने को रोका नहीं था। सब दिन के लिए क्या उसने आज ही प्यार नहीं कर लिया था? अरे, वह कैसा इडियट है! अपनी ममी का दिल कितना दुखाया होगा! क्या समझती होगी वह? इसीलिए तो अब भी उसके होंठों पर यह कैसी तकलीफ, कैसी बेचैनी मँडरा रही है!

और धीरेन वहाँ खड़े-खड़े यह सब सोच गया। वहाँ से दौड़ता हुआ जाकर किरण की लाश से लिपट गया। उसने बड़ी कोशिश से एक बार अपने मुँह को उठाया, और अपनी ममी के होंठों पर रख दिया, और फिर हटाया नहीं था।

और फिर धीरेन एक महीने के बाद नर्सिंग होम छोड़ने लायक हो सका था। बीच में कई बार डाक्टरों ने उसके केस को होपलेस करार दिया था। हफ्तों बाद तो उसे होश आया था।

फूल का बदला

अभय को सुबह की गाड़ी से घर लौट जाना है, और अभी मुश्किल से शाम हुई है। सारी रात पड़ी है। घड़ी की पतली, छोटी सुई को एक पूरा चक्कर लगाना है। और उसे शहर में कोई काम नहीं है। कोई जरूरत नहीं है। किसी से मुलाकात नहीं करनी है। जिस वकील साहब से उसे मिलना था, वे कहीं बाहर चले गए हैं। दो-चार रोज के पहले लौटेंगे, इसकी उम्मीद नहीं।

सिर्फ एक दिन और एक रात की तो बात है, यह सोचकर वह गाड़ी से उतरकर इस होटल में चला आया था। लेकिन होटल के इस कमरे में वह बहुत देर तक बैठ नहीं सकेगा। इस कमरे में तो अभी से, पुराने मरीज की आँखों की तरह, रोशनी धुँधली पड़ने लगी है। उसने उठकर बिजली जला दी। लेकिन इस रोशनी से तो अँधेरा ही अच्छा था। बिजली का खर्च कम-से-कम हो, इसलिए कमरे में एक बहुत धीमा बल्ब लगा था। उसकी रोशनी में कमरा मरीज से मुर्दा होता हुआ मालूम पड़ने लगा।

अभय होटल के बाहर निकला। वह बहुत परेशान है। अदना-सी बात के लिए वह अपने को क्यों परेशान होने दे रहा है, वह नहीं समझ पाता। कुछ

दिनों पहले दो-चार घंटे क्या, दो-चार रोज इतने बड़े शहर में यों ही इधर-उधर चक्कर लगाकर वह काट दे सकता था। लेकिन अब उसे ऐतिहासिक खँडहरों में कोई दिलचस्पी नहीं रह गई है। नई-नई शानदार इमारतों को वह क्यों देखता फिरे, उसकी समझ में नहीं आता। और जब उसे बड़ी-बड़ी दुकानों से कुछ खरीदना ही नहीं, तो उनके शीशे के शो-केश और चमक-दमक का वह क्या करे?

उसके पास तीन-चार उपन्यास पड़े हैं, पर उन्हें क्या होटल के कमरे में पढ़ा जा सकता था? शहर में कोई नई फिल्म चल रही है...।

शहर की इस गली से वह वाकिफ नहीं। यहाँ उसके पैर उसे ले आए, इसकी कोई खुशी उसे नहीं है। लेकिन उसे इसका रंज भी नहीं। इस खास गली से पहले न हो, पर ऐसी गलियों की उसे बहुत काफी जानकारी है। इनके बारे में उसके दिमाग में गैर-जानकार की तरह रंगीन खयालात नहीं हैं। पर जब वह आ ही गया है, तो हर्ज भी क्या?

गली में पहुँचने पर पथ-प्रदर्शक उसकी ओर सन्दिग्ध भाव से बढ़े जरूर, पर उसके पास तुरन्त आ पहुँचने की हिम्मत उन्हें नहीं हुई! उन्हें मालूम है कि इस तरह देखने और चलनेवाले बाबू या तो कहीं जाते ही नहीं, या अगर कहीं जाते हैं तो वे उनकी मदद लेने से इनकार कर देते हैं। और हुआ भी ऐसा ही। अभय ने तो उन्हें नाकामयाब होने तक का मौका नहीं दिया। कुछ दूर ही चलने पर उसकी नजर ऊपर गई। वह जीने से ऊपर चला गया।

उसे जिस कमरे में बिठाया गया, वह हवादार था। फर्श पर गद्दे के ऊपर नई धुली सफेद चादर बिछी हुई थी, जो कहीं सिकुड़ी हुई नहीं थी। दो-तीन साफ तकिये इधर-उधर पड़े थे। बीच में पान की चाँदी की तश्तरी और एक बड़ा-सा खुशनुमा ऐश-ट्रे रखा हुआ था।...जिस बूढ़ी औरत ने उसका स्वागत किया था, वह अन्दर से लौटकर माफी चाहती हुई बोली,

'सिगरेट लीजिए न! फूल कपड़े बदल रही है। पाँच मिनट में आ जाएगी।' और वह फिर बाहर चली गई।

अभय इन्तजार कर रहा था। सिगरेट के धुएँ की तरह उसके मन में विचार बिखरे जा रहे हैं। यह मुमकिन है कि वह ऐसी जगह दस मिनट से ज्यादा ठहर न पाए। लेकिन यह भी नामुमकिन नहीं कि बर्दाश्त के बाहर ऊब उठने के पहले काफी वक्त निकल पाए। खूबसूरती, खुशमिजाजी और संगीत—ये तीनों एक जगह शायद ही मिलते हैं। इनमें से दो भी मिलें, तो क्या बात है! लेकिन इनमें से एक पर भी वह सन्तोष कर लेने को तैयार है। ऐसे कमरे में तो थोड़ी देर के लिए औरत की बदसूरती भी गवारा की ही जा सकती है।

वह इत्मीनान की साँस लेकर बैठ गया। वह निश्चिन्त है। वह फूल को देखने के लिए उत्सुक नहीं है। उसे कमरा पसन्द है। उसे नाम पसन्द है। अगर कोई बिलकुल ही अनहोनी बात नहीं हो जाएगी, तो उसका बहुत सारा वक्त आसानी से गुजरता चला जाएगा।

इस इन्तजार के दरमियान वह सिर्फ एक बार नीचे शोरगुल सुनकर चौंक पड़ा था, जैसे नीचे दरवाजे पर धक्के देकर कोई 'फूल-फूल' पुकार रहा था। पर शोरगुल तुरन्त ही गायब हो गया था।

पूरी एक सिगरेट भी खत्म न हुई होगी कि फूल ही तो होगी जो पर्दा हटाकर अन्दर आई।

अभय का अनुमान ठीक ही निकला।

'जी, मुझे लोग फूल—फूलकुँवर कहते हैं,' उसने अभय के पूछने पर बताया। फिर उसने कुछ इधर-उधर की मामूली बातों के बाद पान देते हुए पूछा, 'साजिन्दों के लिए एक आदमी भेज दूँ क्या?'

साजिन्दे बुला लिये गए। फूल जो कुछ गा रही थी, दिल से गा रही थी। कमरे का वातावरण स्तब्ध, ठोस था—चाहने पर, लगता था, पान

की चाँदी की तश्तरी में वातावरण को चाकू से तराश कर रख दिया जा सकता था।

अभय मनोयोग के साथ देख रहा था, सुन रहा था। देखने और सुनने, दोनों का ही सामान था। लेकिन अचानक ही उसका ध्यान टूट गया। नीचे सड़क पर, उसे साफ सुनाई पड़ा, कोई अजीब बेअख्तियार आवाज में 'फूल, फूल!' चिल्ला उठा। उसे ताज्जुब हुआ कि ऐसी गुस्ताखी कौन कर रहा होगा। पर इन जगहों में कभी-कभी ऐसी बातें हो ही जाया करती हैं। गाना जारी रहा। नीचे शोरगुल भी तुरन्त ही बन्द हो गया।

अभय को फूल का गाना बहुत पसन्द आया। गाने में उस्तादी कौशल बहुत अधिक नहीं था, पर अनुभूति काफी थी। अभ्यास की जड़ता से, पैसों की विवशता से संगीत यांत्रिक चेष्टा नहीं बन गया था। नीचे के क्षणिक शोरगुल के बाद थोड़ी देर के लिए वह अन्यमनस्क जरूर हो उठी, लेकिन फिर अन्दर से कोशिश करके वह फिर से उसी उल्लास के साथ गाने लगी थी। और उसे गाते हुए काफी देर हो गई थी—साढ़े दस बज रहे थे। लेकिन फूल अभी मुरझाई नहीं थी; जो गीत की कविता को समझकर उसे गाता है, उसे गाने से बेहद आनन्द आता है। फिर अभय बारीकियों को समझनेवाला कद्रदाँ था, वह भी फूल से छिपा नहीं रह सका था। फूल उमंग के साथ गा रही थी...।

'फूल, फूल!'—एक बार फिर नीचे कोई उसी पहचानी आवाज में चिल्ला उठा। और इस बार चिल्लाहट बन्द नहीं हुई। दरबान समझाने की कोशिश कर रहा था। लेकिन वह, जो जाने कौन था, दर्दनाक ढंग से बार-बार पुकार ही उठता था।

फूल ने गाने को बीच में ही खत्म कर दिया। वह थोड़ी देर सिर नीचा किये बैठी रही। फिर होंठों को दाँतों से दबाकर, जैसे कुछ निश्चय कर लिया

हो, उसने साजिन्दों को बरखास्त कर दिया। अभय भी झुँझलाहट के साथ उठने को था लेकिन फूल ने बहुत ही विनीत स्वर में बैठे रहने के लिए अनुरोध किया, और थोड़ी देर के लिए, बहुत थोड़ी देर के लिए, छुट्टी चाही। उसने वादा किया कि अगर वह चाहेगा तो वह लौटकर उसे तनहाई में हारमोनियम पर गाना सुनाएगी। उसे इसका निहायत अफसोस था कि ऐसा बेहया वाकया हो गया। लेकिन अगर उसे एक मौका और नहीं मिलेगा, तो उसे बड़ी तकलीफ होगी। वह अभी आई।

अभय बैठ गया। उसका कौतूहल बढ़ रहा था। कुछ इसलिए नहीं कि उसे शायद किसी विचित्र घटना की जानकारी हासिल करने का मौका मिलेगा। वह जानता है कि अगर कोई खास बात होगी भी, तो यही कि शोरगुल करनेवाला कोई बिगड़ी हैसियत का, फूल का पुराना प्रेमी होगा, जिसे अब यहाँ कदम रखने की भी इजाजत नहीं होगी। शायद इसी वजह से उसका दिमाग भी खराब हो गया होगा।...अभय इन्तजार करता रहा। वह हैरत में था तो इसलिए कि फूल ने उसे रोके रखना क्यों मुनासिब समझा था?

फूल लौटी, तो वह कुछ खोई-खोई-सी मालूम पड़ती थी। चन्द मिनटों तक गुमसुम बैठी रही, फिर हठात् पूछ बैठी, 'देखिए, आप इस बात के बारे में जानने के लिए उतावले तो नहीं हो रहे?'

'नहीं,' अभय ने सिगरेट जलाते हुए कहा, 'ऐसी कोई खास बात तो नहीं। मैं शायद कुछ-कुछ समझ ही रहा हूँ।'

'अगर आप समझ रहे हैं,' फूल ने खिन्नता के साथ मुस्कुराकर पूछा, 'तो क्या आप यह भी नहीं समझते कि आज यहाँ आपको 'वारांगना रहस्य' की एक जीती-जागती मिसाल मिल रही है?'

'तुमने और कौन-सी किताबें पढ़ी हैं?' अभय ने धीमे व्यंग्य से पूछा।

'बहुत सारे उपन्यास पढ़े हैं।' उसने कातर गर्व के साथ कहा, 'मैं नौवीं पास हूँ, क्या आप यह समझ गए थे?'

'नहीं,' अभय ने इस बार सरलता के साथ कहा, 'कुछ-न-कुछ समझना बाकी था, इसीलिए तो रुक गया। तुमने पढ़ना क्यों छोड़ दिया था?'

'मेरे स्कूल के प्रेसिडेंट एक बैरिस्टर साहब थे,' फूल कह रही थी, 'उन्होंने माँ से कहलवाया कि मैं उनके यहाँ कभी-कभी भेज दी जाया करूँ, तो मुझे वे पढ़ा दिया करेंगे। माँ ने नहीं भेजा। वह जानती थी कि उनकी बैरिस्टरी चलती नहीं। सो, उन्होंने मेरी सोहबत से और लड़कियों के बिगड़ने का अन्देशा बतलाकर मुझे स्कूल से हटा दिया।'

फूल ने माचिस जलाकर अभय की सिगरेट के पास ले जाते हुए कहानी जारी रखी, 'आप...आप अभय बाबू हैं न? मैंने आपके उपन्यास भी पढ़े हैं।'

और जैसे वह अभय से कुछ कोई जवाब पाने के लिए रुक गई।

'किताब में छपी मेरी तसवीर इतनी साफ उतरी है, मुझे आज ही मालूम हुआ।' अभय ने शान्त स्वर में कहा, पर वह अपने आश्चर्य को पूरी तरह छिपा न सका।

'खैर, हटाइए इन बातों को।' फूल ने उठते हुए कहा, 'देखिए, रात तो काफी हो गई है, इस वक्त सड़क पर बहुत लोग नहीं होंगे। आइए न मेरे साथ छज्जे पर थोड़ी देर के लिए। छज्जे पर रोशनी भी नहीं है। लेकिन आपको देर तो नहीं हो रही है?'

अभय फूल के साथ छज्जे पर आया।

'वह मकान आप देख रहे हैं?' फूल ने उँगली से निर्देश करते हुए कहना शुरू किया, 'वह उसी आदमी का था, जो मेरा नाम ले-लेकर नीचे इतना शोरगुल मचाए हुए था। और वह मकान, और दूसरे भी बहुत सारे—आपको यह बताना फिजूल है कि आज वे सभी मेरे कब्जे में हैं।'

अभय ने 'हूँ' से ज्यादा कुछ नहीं कहा और रात के काले पर्दे पर सिगरेट के हल्के रंग के धुएँ से नक्काशी करता रहा।

और फूल ने फिर, कुछ रुककर, कहना जारी रखा, 'और जैसा आप लोग अपनी कहानियों, उपन्यासों में लिखते हैं, मैंने इस आदमी के बैंक में जमा रुपये और सारी दौलत के बड़े हिस्से को आज अपना कर लिया है। यह सब आपको समझने में, मेरे बिना कहे ही समझ जाने में भी क्यों देर लगती? मैंने तो इतना कम पढ़ा है, फिर भी ठीक यही कहानी थोड़ी-बहुत रद्दोबदल के साथ सैकड़ों बार तो जरूर पढ़ी होगी। आपने भी पढ़ी होगी, शायद लिखी भी है कहीं?'

'तुमने शरत् बाबू की कहानियाँ पढ़ी हैं?' अभय ने प्रश्न का उत्तर नहीं दिया, प्रश्न ही किया। अभय को सचमुच ही इस घटना से कोई दिलचस्पी नहीं रही। लेकिन अगर घटना के पीछे रुपये की न मिटनेवाली भूख के सिवा कुछ और हो, तो वह जरूर जानना-समझना चाहेगा। फूल कुछ कहने जा रही थी, पर अभय ने मौका नहीं दिया। उसे अपने सवाल का और खुलासा करना था, 'उनकी कहानियों में तुम लोग यही करती नहीं पाई जातीं। हम लोग तसवीर के दूसरे रुख की ओर बिलकुल मुखातिब नहीं, क्या सचमुच ही यही तुम्हारा खयाल है?'

'अभय बाबू, आपने मुझे बिलकुल गलत समझा,' फूल समझा सकने वाले बुजुर्ग के स्वर में बोली, 'आप लोगों के मुखातिब होने का सवाल नहीं है। आप लोगों की हमदर्दी के बिना भी हमारा काम तो चलता ही रहता है। सच पूछिए, तो हमदर्दी दिखाने की कोशिश में ही शरत् बाबू बिलकुल अनहोनी कहानियाँ गढ़ गए हैं। सच बात तो दरअसल वे ही कहते हैं, जो हमें दौलतमन्दों की तबाही की वजह बताते चले आ रहे हैं। सट्टे के बाजार में कितने बिगड़ते होंगे? लेकिन इस गली में तो हर साल कोई-न-कोई लुटता ही है...'

'देखो फूल,' बातें काटकर अभय को कहना ही पड़ा, 'तुम क्या बताना चाह रही हो, मैं कुछ ठीक-ठीक समझ नहीं पा रहा। जो हो, इतना तो कहूँगा ही कि तुमसे मिलकर मुझे बेहद खुशी हुई है।'

'यह तो आपकी मेहरबानी है,' फूल ने निश्छलता के साथ अपनी कृतज्ञता प्रकट की, 'आप ऊब नहीं उठे, इसलिए कह रही हूँ। यह जो आप लोग कहानियाँ लिखते हैं, तो आखिर रोज-रोज कोई नई बात कहने को मिलती नहीं होगी। यही कि किसी ने प्रेम किया, कोई कामयाब हुआ, कोई नहीं। लेकिन इसी बात को आप सभी अपनी-अपनी नजर से देखते हैं, इसीलिए बात एक ही रहने पर भी पुरानी रहती, दुहराई हुई नहीं मालूम पड़ती। सो, हमारे बारे में भी, जो यह सच बात है, वह सभी बार-बार कहते हैं, तो उसमें कुछ मुजायका नहीं। लेकिन जाने क्यों, उस पर यह खास नजर नहीं दौड़ाई जाती! यह बात हमारे खिलाफ इलजामात ढंग से ही कही दीख पड़ती है। अगर कहिए कि खास नजर की गुंजाइश अब नहीं, तब तो जरूर कहानी न होकर दुहराई बात भर ही रहेगी, क्यों?'

'दुरुस्त,' अभय ने सिर्फ इतना ही कहा और सिगरेट जलाते हुए फूल को अपनी बात जारी रखने के लिए प्रोत्साहित किया।

'तो देखिए,' फूल ने टूटे सिलसिले को जोड़ते हुए कहा, 'मेरी ही बात ले लीजिए। औरों की बात मैं नहीं जानती। उनके साथ और-और वजहें होंगी, या एक ही वजह भी हो सकती है। जिन्हें एक ही तरह के दीख पड़नेवाले अंजाम से दिलचस्पी हो, वे दरयाफ्त किया करें। मैं इस बात से बेहद खुश हूँ कि यह आदमी दाने-दाने का मोहताज है। उसे एक जून खाने के लिए दो आने पैसे भी देना नहीं चाहती। यों दे देती हूँ कभी-कभी। तो क्या मैं हैवान हूँ? लेकिन अब चलिए, अन्दर चलकर बैठें। कब तक खड़े रहेंगे?'

अन्दर कमरे में वापस आकर बैठने पर फूल कहने लगी, जैसे अब जब उसने कहना शुरू कर दिया है, तो उसे अपने को हल्का करना ही है।

'मैं अपनी बात कह रही थी न! इस आदमी ने मेरी माँ को रस्म-अदायगी के लिए एक हजार रुपये दिये थे। आज भी कोई रहना चाहता है, तो दो सौ से कम नहीं लेती। खैर, उस वक्त मैं अपने चौदहवें साल में आई ही थी। उसने पहली बार ही मुझे जो तकलीफ पहुँचाई थी, उसे मेरी देह तो कब की भूल गई, पर दिमाग में आज भी गर्म लोहे के दाग की तरह ताजी है। वह एक खूबसूरत जवान था—तहजीब और तमीज का पाबन्द। माँ के सामने मेरी ओर नजर भी ऊँची नहीं करता था। पर तनहाई में वह मेरे साथ हैवान से भी बढ़कर हो जाता था। मेरे एक इशारे पर वह हजारों रुपये पानी में बहा देने के लिए तैयार रहता था, लेकिन इसके लिए मुझे जो कीमत अदा करनी पड़ती थी, वह मैं ही जानती हूँ। आज भी उसकी याद आने से रोंगटे खड़े हो जाते हैं, अभय बाबू।'

फूल सचमुच कुम्हला गई थी। वह काफी देर तक खामोश बैठी रही, अभय चुपचाप सिगरेट पीता रहा। फूल ने फिर खुद ही कहना शुरू किया, 'मैंने तभी यह ठान लिया था कि अगर इस आदमी की बोटी-बोटी अलग करनी पड़े तो भी हिचकूँगी नहीं। तब तो खैर, यह सब खयाल ही खयाल था। बदला लेने की तो बात दूर, उससे कभी छुटकारा भी पा सकूँगी, यह भी मुमकिन नहीं मालूम देता था। लेकिन धीरे-धीरे उस पर जो मेरा अजीब किस्म का कब्जा था, वह मुझे मालूम होता गया। वह मुझे तकलीफ पहुँचाने के एक मौके के लिए क्या कुछ नहीं कर सकता था। उसने अपने आखिरी एक हजार रुपये से मुझे यह घड़ी ले दी थी, और उस आखिरी रात का यह दाग इस गाल पर देखिए...।'

'फूल! फूल!' की बेकरार तीखी आवाज कमरे के उस सन्नाटे में चोट की तरह लगी। जीने के निचले दरवाजे पर जोर-जोर से हाथ और पैर की ठोकरें भी पड़ रही थीं। फिर दरवाजा खुलने की आवाज और दरबान के तमाचे, और दूर भागती हुई चीख सुन पड़ी।

फूल बेजान-सी लेट गई थी। फिर लड़खड़ाती-सी ज़ुबान से कहने लगी, 'दरबान को मैंने सख्त हिदायत दी है कि उसके साथ यह सलूक किसी हालत में न किया जाए। दरबान को इसकी सजा मिलेगी। अभय बाबू, वह मुझसे मुहब्बत करता है क्या?...मैं जवाब नहीं चाहती, अभय बाबू। आप जाइए, चले जाइए...।'

धीरेन की कहानी

धीरेन किनारे-किनारे नाव खे रहा था। रात भर में पानी इतना काफी बढ़ गया था कि किनारे से दूर जाना खतरे से खाली न था। इतनी छोटी-सी डोंगी को दूर ले जाना शायद मुमकिन ही न था। सिर्फ खतरा ही रहता, और नामुमकिन न होता, तो धीरेन जानबूझकर बीच धार में नाव ले जाता। नहीं ले जा सका था इसीलिए किनारे-किनारे नाव खे रहा था।

धीरेन अगर नाव खे रहा था तो इस मानी में कि उसकी रफ्तार को नियंत्रण में रखे हुए था। नाव को डाँड़ों के सहारे खेते हैं तो वह धार से आगे और ज्यादा तेज चलती है। आज तो दरिया में यों ही इतनी तेज धार थी कि उसकी गति ही नाव के लिए काफी से ज्यादा साबित हो रही थी। धीरेन डाँड़ चला रहा था कि नाव बेहाथ न हो जाए। नाव जैसे जान लेकर भागी जा रही थी। धीरेन बड़ी कुशलता से नाव को सँभाल रहा था।

कहीं-कहीं दरिया और सड़क बगल-बगल हैं। धीरेन ने कई बार बड़ी दिलचस्पी के साथ देखा, सुबह सैर को निकले हुए बुजुर्ग चौंक-चौंककर

उसके पागलपन को देखने के लिए रुक गए थे। अब तो धीरेन खुद भी महसूस कर रहा था कि वह अपने घाट से बहुत-बहुत दूर निकल आया है। नाव को लौटा ले जाना तो आज सम्भव न था। उसे कहीं-न-कहीं छोड़कर लौटना तो था ही। सो वह इतनी दूर तक डोंगी को धार में बहने देता गया था।

गंगा का यह हिस्सा उसका इतना जाना-बूझा न था। वह रोज सुबह-शाम अपनी डोंगी पर, गंगा पार आता है और कई-कई घंटे बाद लौटता है। बरसात में यह सिलसिला तो टूट जाता है लेकिन तब वह अपने जवान मल्लाह दोस्तों के साथ बाढ़ के पानी में बहते हुए दरख्तों और मवेशियों को छानता है और डूबते हुए आदमी को बचाता है। आज उसकी नई-नई डोंगी बनकर आई है। उसकी जाँच कर रहा है। नहीं तो इस वक्त वह मल्लाहों के साथ किसी बड़ी नाव में बैठा बाँसुरी बजाता होता। अब धीरेन बार-बार किनारे की ओर देख रहा था। एकाएक वह बहुत सावधान होकर बैठ गया।

इस जगह तक गंगा बोतल की गर्दन की तरह सँकरी है। फिर अचानक पाट चौड़ा हो गया है। किनारे पर छोटे-बड़े बहुत सारे मकान हैं और उनके बाद गंगा एकदम बिखर गई है। आखिरी मकान से टक्कर खाता हुआ नदी का पानी एकाएक मोड़ लेता है। उससे सटकर जाती हुई नाव को ऐसा झोंका लग सकता है जिससे उसे बचा लेना कठिन है। धीरेन ने दो मकानों के बीच एक छोटा-सा घाट देख उस पर अपनी नाव लगा देने की कोशिश शुरू की। उसकी पहली कोशिश बेकार गई। नाव किनारे लगकर दूर हट गई। धीरेन धार से लड़ता हुआ जिस वक्त हार गया था और क्षण भर को ऐसा लगा था, जैसे उसकी नाव यह उलटी—वह उलटी तो वह किसी की चीख सुनकर चौंक गया था। उसने नाव को बड़ी हिम्मत और मेहनत से घुमाया। उसकी दूसरी कोशिश कारगर हुई। उसने नाव घाट पर बाँध दी।

घाट से हटकर जाने किस मकान की खिड़की पर एक सहमा हुआ मुखड़ा दिखाई दे गया। शायद वहीं से चीख की आवाज भी आई थी। जब धीरेन मौत से खेल रहा था, तो उसे कोई देख रहा था। वह भीतर से उल्लसित, सीढ़ियों को तय करता हुआ, ऊपर चला गया।

धीरेन दूसरे दिन पाल और डोर से चलनेवाली एक बड़ी नाव पर आया था। घाट पर से नाव खोलने से पहले उसने अनायास उस मकान की खिड़की की ओर देख लिया था। वहाँ किसी को न देखकर उसने बेजरूरत भी बड़ी नाव के मल्लाहों को पुकार-पुकारकर काफी शोरगुल किया था और बार-बार उस सूनी खिड़की की ओर देखा था। रस्सी बँध गई थी। उसे कुछ दूर पर खड़ी पालवाली बड़ी नाव के मल्लाह खींचने लगे। तब फिर नाव से धीरेन ने देखा था, खिड़की में किसी का वही चाँद-सा मुखड़ा झलक उठा था।